达洛维夫

[英]弗吉尼亚·伍尔夫

王家湘——译

北 京 出 版 集
北京十月文艺出版

译序

一九八八年，英国著名文学评论家马尔科姆·布拉德伯里对弗吉尼亚·伍尔夫在二十世纪文学中的贡献作了如下的评论：

她全部创作之丰富和成就之巨大——不仅是九部小说、女性主义文章、书籍评论和罗杰·弗莱伊传，而且还有发表在杂志上的文章、日记以及书信，其中相当一部分是在她去世后出版的，现在还不断出版——使她一度曾被指责为狭隘的作品变得越来越成为她的时代、她的精神世界和现代艺术思想的精髓。

这段话可以说概括了伍尔夫在文学上的成就。从她一九一五年发表《远航》以来，读者和评论界对她的认识经历了一个发展的过程。早期主要认为她是一个反传统的先锋派作家，以意识流手法和创作技巧上的创新见长。二十世纪七十年代以来，心理传记派、心理分析学派、马克思主义文论派、女性主义评论家、从作品的社会政治性进行分析的研究者、从现代主义创作手法入手的分析家已经用今天存在的一切文学理论从一切角度对伍尔夫的作品进行了全面的诠释，为读者深入了解这些难懂的作品提供了方便。

伍尔夫认为，用传统的现实主义手法进行创作不能捕捉住真正的生活。她眼中的真正的生活、真正的现实是变动不已的、未知的、不受拘束的、像一个明亮的光轮般的人的精神世界。她的全部创作活动就是探索一种手段，以求最好地表达她所理解的这种生活，这种真正的现实出于对生活和现实的这种独特理解，她自然认为传统的创作方法只能反映事物的外部，反映不了事物复杂多变的本质。她认为作家必须站在作品中不同人物各自的立场上去观察、倾听、思考，把所得到的印象、情绪、心境、氛围重新组织，再现出生活与现实的精神和实质。伍尔夫从个人的感受出发探索生活的价值，这使得她的作品带上了强烈的内向性。她逐渐发展了一种灵活多变的、印象主义的、重表现思维不重表现行动的创作风格。

这次翻译出版的伍尔夫的三部作品《雅各布之屋》、《达洛维夫人》和《到灯塔去》充分反映了她作品的特点。这三部都是意识流小说，如果说还有传统意义上的故事情节的话，那么情节也是简单得一句话就可以说完。例如，《达洛维夫人》写的是一九一九年夏季某天，达洛维夫人早上出门为晚宴购物到晚宴结束的一天的生活，这无论是在吸引读者去读这本书或帮助读者去理解这部作品上都没有什么意义。那么，这是三部怎样的作品，我们应怎样阅读它们呢？

《雅各布之屋》是伍尔夫所写的第三部小说。在此之前发表的《远航》和《夜与日》是用较为传统的创作手法写的。《雅各布之屋》是伍尔夫第一部开始采用意识流手法的实验作品。她不顾事件发生的时间顺序，在描写事物时如电影中镜头般迅速化出化入，贯穿整个作品的是作者的观察和思索。伍尔夫不断变化叙述的角度，甚至创造了一些主要作用只是为了叙述他们对雅各布的印象的人物。雅各布的一生，从童年到离家去剑桥大学读书，到在伦敦有自己房间的独立生活，到他短暂的法国和希腊之行，以及最后在战争中阵亡，都是通过他留在亲友心目中的各种不同印象，以及他的内心活动反映出来的。他一生留下的具体的、可触摸的痕迹只有他在伦敦独自生活时所住的那个房间，里面有他的私人用品，这些遗物又在认识他的人的心中激起对他的回忆。读者在阅读时感到仿佛在翻阅主人公的一本相册，出现在眼前的是一幕幕生活的横断面，没有引言、没有结语，始终捕捉不住人物的性格和特点，使人感到一种朦胧的神秘。作者在环境的描写中往往蕴涵着象征意义，往往用评论点出寓意，用人物对事物的观察表现主题。一些评论家指出，在这样一部散文诗般优美却又含义晦涩的作品中，伍尔夫充分写出了她对战争的反感。作品中充满了对英国教育文化结构的辛辣抨击，它使年轻人充满了尚武思想，变成心甘情愿的战争牺牲品；揭示了古老的所谓知识至上的最高学府如何生产着一代又一代傲视众生的、权力和特权的接班人。

《达洛维夫人》的结构框架是女主人公克拉丽莎生活中的一天，这一天的主要活动是达洛维夫人在家中举行的晚会。但是读者面前展现的远不止她一天的所作所为，而是她的一生、她的性格和她和家人、朋友的关系。三十多年前的旧情人彼德的出现勾起了她对自己少女时代的回忆，眼前的事物使她思索自己目前的处境、老年的来临带来的对死亡的恐惧、客人的到来引起的对人际恩怨的回顾。除了克拉丽莎外，作者对彼德和在战争刺激下精神失常而自杀的塞普蒂默斯的内心世界也作了深层次的探索。通过每个人物的回忆、联想、希望、幻灭，作者超越了时空的限制，进出于人物的内心世界。伍尔夫时而停留在某个人物身上，随着人物的意识活动在时间上任意前后跳跃；时而停留在时间的一点上，从一个人物跳跃到另一个人物身上，展示出在同一时间不同空间人物的不同活动和思想。当作者探索一个人物的内心活动时，往往不时用各种方式暗示是谁的内心活动，以免读者在人物自由联想的过程中失去了线索；而当她的笔要从一个人物转到另一个人物身上时，她往往用伦敦大本钟报时的钟声先把读者带回现实之中，然后再转到另一个人的意识中去。在对人物纷繁的意识的表现中，读者能够感觉到一条贯穿其中的主线，那就是作者对当时英国统治阶级的审视。她活灵活现地写出了统治阶级的愚昧，充满了粗暴的男性至上观念和对王室及帝国的盲目崇拜和效忠。这样的一种社会氛围使一些受害者绝望自杀，另一些寻求安逸，放弃了追求。

《到灯塔去》由三个部分组成。第一部分“窗”描写的是拉姆齐教授一家和几个朋友在海滨度假生活中一个下午和晚上，中心是晚餐。第二部分“岁月流逝”用淡淡的几个镜头和回忆，展现了这所别墅因主人在战时无暇来度假而逐渐破败下来，而在此期间，拉姆齐家中夫人及长女先后死去，长子也在战争中阵亡。第三部分“灯塔”讲的是十年以后拉姆齐先生和小儿子詹姆斯、女儿卡姆乘小船去到了灯塔，实现了十年前詹姆斯的愿望；画家莉莉·布里斯科终于完成了十年前开始而因找不到感觉停顿下来的那幅拉姆齐夫人和小詹姆斯的画。

表面看来，这部小说就像有钱有闲的中产阶级的懒散的消夏生活，充满了没有起点也没有结尾的社交闲谈，人们对生活中一些人和事的反映，以及由此而生的联想。没有惊人的事件，没有太多的活动，平平淡淡。所反映的生活现实，用小说中不止一次出现的譬喻来形容，很像坐在一列疾驰的火车中的人向窗外看去时的感觉，他看见人群、景物在窗外闪过，目光刹那间停留在某处，似乎感到看见了什么，但旋即消失得无影无踪。这就是伍尔夫心目中的现实和生活，即一个笼罩着我们的半透明的外壳。小说中的情节具有强烈的象征意义，如莉莉作画，到灯塔去等，但象征的究竟是什么，亦即小说反映的主题思想是什么，评论家也是见仁见智，莫衷一是。阿诺德·凯特尔在《英国小说导论》中提到伍尔夫这部作品时说，“要想恰当地说出《到灯塔去》表现的是什么是极其困难的。许多评论家使用了‘象征’这个字眼，但看来在究竟什么象征着什么上，他们之间极少共同看法。”[1]

以灯塔为例。戴维·戴希斯在分析了小说的各个方面之后认为，灯塔“既是个独特的存在，又是不断变化中的历史的一个部分。从某种意义上说，到达灯塔意味着和自我以外的真实世界接触，放弃自我的独特性，接受客观的现实。”[2]A.D. 穆迪则认为，拉姆齐夫妇对现实的不同理解在灯塔身上达到了一致；一方面灯塔是建立在光秃的岩石上的坚实的物质存在，这代表拉姆齐先生的理性和物质的现实；另一方面从灯塔内发出的闪光象征着拉姆齐夫人所代表的精神的现实，这是生活的本质。作者在这部小说中确实是通过拉姆齐夫妇表现了两种现实观。而且力图寻求二者结合的可能。伍尔夫本人是重视物质现实在人的内心和精神上的反映的。

对伍尔夫作品的认识和理解，从评论界到读者都有一个不断深入的过程。她的作品开始出现后，一直受到评论界的关注。前面已经提到，早期评论界主要对她的现代派手法感兴趣。从七十年代中期开始，对伍尔夫的研究进入了多角度的审视阶段，这与昆廷·贝尔（Quentin Bell）于一九七二年出版了伍尔夫的传记有直接关系。贝尔不仅了解伍尔夫，而且大量利用了伍尔夫从未发表过的私人材料。在七十年代和八十年代，随着伍尔夫日记的编辑出版（1977—1984，五卷集）和七卷书信集的出版，特别是在伍尔夫的丈夫莱昂纳德于一九六九年去世后，在夫妇二人

1 凯特尔，《英国小说导论》，哈金森出版公司，1974，91页。

2 戴希斯，《弗吉尼亚·伍尔夫》，格林伍德出版社，36页

留下的材料中发现了伍尔夫许多生平回忆片段，其中最为重要的是在她去世前不久写的关于个人童年和青年时代的回忆《回忆随笔》(*Sketch of the Past*),后为汇编成集,这就是一九七六年出版的《顿悟时刻》(*Moments of Being*)。同时，她的许多小说的初稿被陆续出版。她生前匿名在《泰晤士报文艺增刊》上发表的文章，经过研究者的查证汇编成六卷《弗吉尼亚·伍尔夫文集》。一九九〇年，米切尔·李斯卡（Mitchell Leaska）编辑出版了伍尔夫一八九七到一九〇七年的日记及文章集《炽烈的艺徒》(*A Passionate Apprentice*)。在她逝世五十年后，她的文集全部出齐。这大量“新作”的涌现，将伍尔夫的研究推入了高潮。各路评论家都在伍尔夫的研究上大显身手。

心理传记派评论家如鱼得水。如梅法姆（John Mepham）在《弗吉尼亚·伍尔夫：文学生平》(*Virginia Woolf:A Literary Life*)中强调她创作的创新试验，认为她的每一部作品都反映一种不同的技巧和形式的创新，而她的每一个尝试都是为了寻找一种反映意识和生活的新方法。她整个的创作生涯是一系列企图解释生活的永无穷尽的努力。他认为伍尔夫受到自己性格的不同方面、自己的不同信念和不同功力的影响和驱使，因此会时而重墨于人物的内心世界，时而描绘使人物处于特定心态中的社会文化等外部因素。她本人是重重矛盾的混合体，体现在作品中就要构成了这样一些特点的共存：既不切实际又物质主义，既有神秘主义又有政治性，既是诗人又是社会批评家，既重事实又重幻想。

有的评论家则从社会政治角度分析她的作品，如亚历克斯·兹沃德林（Alex Zwerdling）在一九八六年出版的《弗吉尼亚·伍尔夫和现实世界》（*Virginia Woolf and the Real World*）一书中，向认为伍尔夫的作品没有政治性、不关心社会问题的观点提出挑战。（伍尔夫的丈夫莱昂纳德评价妻子是“自亚里斯多德创造了‘政治动物’一词以来最不具有此特点的人”，这对早期的伍尔夫评论家有很大的影响。）兹沃德林认为伍尔夫一生对社会权力结构和运作极感兴趣，并受到挑战及改革这个权力关系的愿望驱使，是位社会批评家和改革者。她相信人的个体经历是在社会现实中形成的，她力图在作品中反映这一形成的过程。不仅是她的女权主义的文章中有强烈的社会性，兹沃德林认为她所有的小说都具有这个特点，而对她本人心理的探究和对她作品中人物主观意识流动的超常兴趣使人们忽略了她作品中这方面的丰富内容。在兹沃德林之前，美国女权主义评论家就已指出，伍尔夫毕生都是个男权社会的批评者，因此兹沃德林并不是第一个提出伍尔夫是个社会批评者的人，但是尽管兹沃德林同意罗斯 (P.Rose) 在《女作家弗吉尼亚·伍尔夫生平》（*Woman of letters:A Life of Virginia Woolf,1978*）中的观点，即认为伍尔夫感情和思想的核心是她的女权主义观念，他指出伍尔夫作品中所反映的社会问题决不是性别歧视所能够涵盖的。他在书中详细分析了伍尔夫作品中的社会内容，研究她创作每一部作品时的社会历史特点，他认为不如此则无法理解作品的真正意义。兹沃德林对伍尔夫对待阶级和财富的态度也做了很有见地的分析：伍尔夫和她圈子里的朋友——如布鲁姆斯伯里的成员——认为有钱的精英家庭所起的重要社会作用是提供知识贵族、负有继承并推进社会文明美德的责任(如对美的敏感、重视精神享受和友谊)。一战后工人运动的发展和中产阶级务实观念的流行大大冲击了知识贵族们的理念和自负，造成伍尔夫精神上的不安、混乱和绝望。

马克思主义评论家对伍尔夫的阶级态度的分析评论集中在《达洛维夫人》上。最早的一篇文章是威廉·燕朴逊(Willtam Empson)的《作为政治讽刺文学的“达洛维夫人”》(*Mrs Dalloway as a Political Satire*, *1932*)。燕朴逊认为伍尔夫对统治阶层和对他们持批评态度的人都有着一定的同情，表现在对达洛维夫人晚会上的权贵既讽刺又羡慕的描述上。到一九七〇年，特里·伊格尔顿在《流放与逃亡：现代文学研究》(*Exiles and Emigres*：*Studies in Modern Literature*)中进一步发展了这一论点，他认为作者通过彼德·沃尔什这个人物反映了对社会的批评，但同时又把他表现成一个乖僻的人。小说对英国上层阶级的生活和社会习俗既批评又支持。伊格尔顿分析伍尔夫既意识到阶级存在的问题，又保有上层阶级的文化贵族的精神追求，因此不可能对社会问题持明确的批判态度。她所代表的是这样的一个阶层：它一方面偏离统治阶级的价值观，但又依附于它，以保持自己有钱有闲的精神贵族的生活。在她的小说中也必然会反映出这种和上层阶级既有偏离又有认同的特点。霍桑(J.I lawtborn)在一九七五年出版的《弗吉尼亚·伍尔夫的“达洛维夫人”：异化的研究》(*Vingina Woolf's"MrsDalloway"*：*A Study in Alienation*)中指出，作者对外部世界特别是她圈子以外人们的劳动和生活的了解是片面的，因此虽然有时能看到社会弊端，却无法为她身处矛盾中的人物找到出路。

对伍尔夫作品的评价决不是一篇序言能够做到的。笔者只希望，读者在读了这篇短文后，能够充分利用作者给我们留下的巨大的赏析空间，去欣赏这位重要的英国女作家的具有代表性的三部作品。

伍尔夫作品的魅力正在于它们为读者留下了巨大的赏析空间。

1

达洛维夫人说她自己去买花。

因为露西的工作已经给安排好了。要把门从铰链上卸下来；朗普尔迈耶公司的工人要来。再说，克拉丽莎·达洛维心里想，这是一个多么美好的早晨啊——清新得像专门为海滩上的孩子们准备的。

多么有意思！多么突然的行动！就像从前在伯顿时，当铰链轻轻吱扭一响（她现在仍能听到这声音），落地长窗被她猛地推开，她一下子冲到户外，就似乎总有这种感觉。那是清早的空气，多么清新，多么宁静，当然比这里沉寂；像海浪的轻拍；像海浪的轻吻；清凉袭人，然而（对于像当时她那样一个十八岁的姑娘来说）十分肃穆。那时她站在打开的窗前，觉得有什么可怕的事情会发生；她看着鲜花，看着烟雾缭绕的树木和飞上飞下的白嘴鸦；她站在那儿看着，直到彼得·沃尔什说："在菜地里想心事吗？"——是这样说的吧？——"比起花椰菜来，我更喜欢人。"——是这样说的吧？他一定是在有一天早上吃早饭时她出去到平台上时说的——彼得·沃尔什。他最近就要从印度回来了，六月或七月，她记不清了，因为他的信枯燥得要命；他说的话倒让人记得；他的眼睛，他的小折刀，他的笑容，他的坏脾气，当千百万桩事情全都从记忆中消失之后——多么奇怪啊！——却仍记得关于卷心菜之类的几句话。

她站在马路边上微微挺了挺身子，等待德特纳尔公司的货车开过去。斯克罗普·珀维斯认为她是一个可爱的女人（他了解她，正如你了解住在威斯敏斯特区你隔壁的人那样）；她有点像只小鸟，一只樫鸟，蓝绿色，轻盈活泼，虽然她已经年过五十，而且从生病以后变得非常苍白。她像只鸟那样站在那儿，根本没有看见他，身子挺得直直的准备过马路。

由于在威斯敏斯特住了——有多少年了？二十多年了——克拉丽莎确信，即便在车流之中，或夜里醒来之时，你都会感到一种特殊的静寂或肃穆；一种难以言传的停顿；大本钟敲响前的悬心等待（但那可能是她的心脏的缘故，人们说是流感影响了她的心脏）。听！深沉的钟声响了起来。先是预报，音调悦耳；然后是报时，势不可当。一圈圈深沉的音波消失在空气之中。在穿过维多利亚街时她心里想，我们是多么愚蠢啊。因为只有上帝才知道为什么人这样热爱生活，这样看待生活，想象生活是什么样子，在自己周围建构生活、推倒、再时时刻刻重新加以创造；但即使是穿着最邋遢的女人，坐在门口石阶上的最沮丧忧愁的人（酗酒是他们堕落的原因）也同样如此；正因为这个原因——他们热爱生活——她相信议会的法令也不起作用。在人们的眼光中，在轻松的、沉重的、艰难的步态中；在轰鸣和喧嚣声中；马车、汽车、公共汽车、货车、身前身后挂着广告牌蹒跚着摇摇晃晃前行的广告夫；铜管乐队；手摇风琴；在胜利的欢庆声、铃儿的叮咚声和头顶上飞过的飞机的奇特的尖啸声中，有着她热爱的一切：生活；伦敦；六月的这个时刻。

因为现在是六月中旬。战争已经结束了，只有像福克斯克洛伏特太太那样的人除外，她昨晚在大使馆异常忧伤，因为她那个可爱的儿子牺牲了，现在那古老的庄园宅第就要由堂兄弟继承了；还有贝克斯伯罗夫人，他们说她在主持义卖市场的开幕式时，手里还拿着报告她最心爱的儿子约翰牺牲的消息的电报；但战争终究是结束了；谢天谢地——结束了。现在是六月了。国王和王后都在白金汉宫里。尽管时辰还早，到处都已能听到飞奔的马蹄的嘚嘚声，板球拍的轻击声；洛兹伦敦大板球场、阿斯科特赛马场、原来的旅游胜地拉内拉赫以及其他所有的地方，都被笼罩在一片轻柔的细网般的灰蓝色的晨雾之中，随着白天渐渐过去，这张网将散开，草坪和场地上会出现欢腾的小马，前蹄刚一落地又立刻腾起；旋转着的小伙子，穿着透明薄纱衫的欢笑的姑娘，她们即使现在，在通宵跳舞之后，还在牵着可笑的毛茸茸的小狗出来跑上一会儿；就在现在这样早的时候，谨慎的上了年纪的有钱的贵妇们已经坐着自己的汽车，匆匆去干她们神秘的事情。店老板们正在橱窗里忙个不停，把他们的人造宝石和钻石以及漂亮的海绿色的旧胸针放在十八世纪的底座里，以吸引美国佬（不过她得节约，不要轻率地给伊丽莎白买东西），她自己也怀着荒唐而始终不渝的激情热爱着这一切，她是这种生活的一部分，因为她的先辈们曾在几代乔治王朝中做过廷臣，她自己今晚就要珠光宝气地举行宴会。但是一走进公园，那寂静是多么奇怪啊！那薄雾，那嗡嗡声，那缓缓游动的快乐的鸭子们，那走起来一摇一摆的长着喉袋的水鸟；而背朝着政府大楼迎面走过来的、再得体不过地提着一只印有皇家纹章的公文递送箱的人，除了休·惠特布莱德还会是谁呢，她的老朋友休——那令人钦佩的休！

“早上好啊，克拉丽莎！”休很随便地说，因为他们从小就认识。

“你上哪儿去？”

“我喜欢在伦敦走走，”达洛维夫人说，“真的，比在乡间散步好。”

他们刚到伦敦——不幸的是——是来看医生的。别人来这里是看电影；观赏歌剧；带女儿出门看看；而惠特布莱德家的人却是来“看医生”的。不知道有多少次克拉丽莎到疗养院去看望伊芙琳·惠特布莱德。“伊芙琳又病了吗？”“伊芙琳身体很不舒服。”休说，同时噘了噘嘴，挺了挺他那衣冠楚楚、很有男性风度、极端俊美、装扮完美的身躯（他几乎总是穿得过于考究，不过想来也不得不如此，他在宫廷里有着一官半职），示意他的妻子有点内科的疾患，并不严重，作为一个老朋友，不用让他具体说明克拉丽莎·达洛维也是知道的。啊，是的，当然她知道；多讨厌的病；她感到了一种姐妹般的感情，同时又奇怪地对自己头上戴的帽子感到不自然。是不是因为这帽子不适合清早戴？因为当休匆忙地向前走去，煞有介事地抬抬他的帽子，要她相信她像个十八岁的小姑娘，保证他当然会参加她今晚的宴会，伊芙琳坚决要他去，只是他可能要晚一点，因为他得先带吉姆的一个儿子去参加宫里的晚会；每当这种时候，她在休的身边总觉得自己有点不像样子；像个中学生；但是她喜爱他，一方面固然是因为从来就认识他，另外她确实也觉得休自有他好的地方，虽说理查德几乎被他气得发疯，至于彼得·沃尔什，他直到今天也不能原谅她喜欢休这件事。

她仍然记得在伯顿的一幕幕往事——彼得怒气冲天；休当然在哪方面也不是他的对手，但也并不是如彼得所说的那样完全是个白痴；不仅仅是理发师用的木制假头。当他的老母亲要他放弃射猎或带她到巴斯去的时候，休二话不说地做了；他真的一点也不自私，至于像彼得那样说他没心肝、没脑子，只有一个英国绅士的派头和教养，那些只不过是她亲爱的彼得脾气最糟时说出来的话；他会令人难以忍受；他会让人觉得无法相处；但是在这样一个清晨能和他在一起散步却是十分愉快的事。

（六月催发了树上的每一片叶子。皮姆里科区的母亲们在给婴儿喂奶。电文消息不断从舰队街传往海军部。热闹的阿灵顿街和皮卡迪里大街似乎使公园里的空气也变热了，树叶被充满非凡活力的气浪托起，热切而明亮；克拉丽莎深爱这非凡的活力。去跳舞，去骑马，她热爱这一切。）

他们可能分别了几百年了，她和彼得；她从不写信，他的信也干巴巴的；但是她突然会有这个念头，如果他现在和我在一起，他会说些什么？——有些日子，有些景象会使她平静地想到他，不再有过去的怨恨；这也许是对人关爱的回报吧；在一个晴朗的早上，在圣詹姆斯公园的中央，往事回到了她心头——真的重回心头。但是彼得——无论天气多好，无论树木、草地和穿粉红色衣服的小女孩多可爱——彼得一概视而不见。如果她让他戴上眼镜，他就会戴上眼镜；他会去看。他永远感兴趣的是世界的状况；瓦格纳[1]的音乐，蒲伯[2]的诗歌，人的性格，还有她自己灵魂中的缺点。他是怎样地责骂她啊！他们的争论是多么激烈啊！她会嫁给一个首相，站

---

1 瓦格纳（1813—1883），德国作曲家，主要从事歌剧创作。

2 蒲伯（1688—1744），英国诗人。

在楼梯顶上；他称她是个完美的女主人（为此她在卧室里哭了一场），他说她具有成为完美的女主人的一切内在素质。

因此她会发现自己在圣詹姆斯公园仍旧在和他争论，仍旧企图证明她不和他结婚是对的——确实是对的。因为在婚姻中，对于一天又一天同住在一所房子里的两个人来说，必须有一点自由，有一点独立；这些理查德给了她，她也给予了理查德。（比如说，今天早上他在哪里？在个什么委员会吧，她从来不问。）但是和彼得在一起什么都得相互知晓；什么都得仔细探究。实在让人受不了，而当在小花园喷泉边发生了那一幕后，她不得不和他分手，否则会毁了他们，两个人都会毁掉，她对此确信无疑；虽然多年来她一直忍受着利箭钻心般的悲伤和痛苦；后来在一次音乐会上有个人告诉她，他和在去印度的船上认识的一个女人结了婚，那一刻的震惊至今难忘！她永远也忘不了这一切！冷酷、无情、假正经，彼得曾这样责备她。她永远也无法理解他是多么关爱她。但想来那些印度女人是理解的——那些愚蠢、漂亮、轻浮的傻瓜。而她是在白白浪费自己的同情，因为他要她相信他相当幸福——非常幸福，尽管他们俩谈到过的事他一件也没有做；他整个的一生是个失败。直到现在她仍很生气。

她来到了公园的门口。她站立了片刻，看着皮卡迪里大街上的公共汽车。

她现在不愿对世界上任何人说长道短，说他们这样或那样。她感到自己非常年轻；同时又说不出的苍老。她像把刀子穿透一切事物；同时又是个局外的旁观者。在她看着出租车的时候，总有一种自己是远远地、远远地独自在海上的感觉；她始终感到活在世上，即使是一天，也充满了许多危险。倒并不是她觉得自己有多么聪明，或者有多么不一般。她想象不出来自己是怎么靠着丹尼尔斯小姐教给他们的那点零星知识过了大半辈子的。她什么也不懂；不会外语，不懂历史；现在除了躺在床上读读回忆录，她几乎什么书也不看；但是对于她来说眼前的一切极其引人入胜；所有的一切；过往的出租车辆；她不愿议论彼得，她不愿议论自己，我这样，我那样。

她唯一的天分是几乎能凭直觉了解人，她心里想着，一面继续往前走。如果你把她和另外一个人放在同一间房间里，她会像猫一样警觉，噌地弓起背；或者会像猫一样愉快地发出呜呜声。德文希尔公爵府、巴斯伯爵府、那座装饰着瓷制白鹦鹉的府邸，她都曾看见过它们灯火辉煌的时候；她也记得西尔维亚、弗雷德、莎利·西顿——这么多的人；通宵达旦地跳舞；运货马车沉重缓慢地经过，向市场驶去；以及驱车穿过公园回家。她记得有一次把一枚一先令的硬币扔进了公园的蛇形湖里。但是人人都会记得过去的事；而她热爱的是此时、此地、眼前的一切；出租车里的胖女人。那么，这重要吗？她在向邦德街走去时自问，她的生命最终必定会完全停止，这重要吗？没有她而这一切必将继续存在下去；她感到怨恨吗？抑或，相信死亡使一切完全终结，不也令人感到安慰吗？但在伦敦的大街上，不知怎的，在这儿那儿，经历了沧桑岁月，她幸存了下来，彼得幸存了下来，生活在彼此心中，她坚信自己是家乡树木的一部分；是那座难看的、杂草丛生破败不堪的宅子的一部分；是她从未曾得见的人们的一部分；她像一层薄雾，铺展在她最熟悉的人们之间，他们像她看到的树木托起薄雾一般用自己的枝丫将她托起，但她的生活、她自己，伸展得是这样遥远。但是，当她往哈查兹书店的橱窗里看去时，她在梦想着什么呢？她想追忆的是什么？在她读着摊开的书页上的诗句：

不要再怕炎炎骄阳，
也不要害怕寒冬肆虐[1]。

心中出现的是什么样的乡间白色黎明的意象？这个世界的最新经历使他们所有人、所有的男人和女人心中溢满泪水。泪水和悲哀；勇气和忍耐；一种极度正直和坚毅的态度。比如说，想一想她最敬佩的那位女性，贝克斯伯罗夫人主持义卖市场开幕式的情

1 见莎士比亚《辛白林》，第四幕第二场中的一首挽歌。

景吧。

这里有乔罗克斯的《野游和欢宴》[1]；有《肥皂海绵》[2]和阿斯奎斯夫人的《回忆录》及《尼日利亚大型猎物射捕记》[3]，全都打开着陈列在那里。那儿有那么多的书；可是似乎没有一本非常适合带给疗养院里的伊芙琳·惠特布莱德。没有什么书可以用来让她高兴，可以使那个干瘪得难以形容的瘦小女人在克拉丽莎进门的时候露出哪怕片刻的亲切表情，然后再坐下来开始关于妇女病的漫无止境的谈话。她是多么希望这样啊——当她进门时人们脸上现出高兴的神情，克拉丽莎想着，转身重新向邦德街走去，心里很气恼，因为做事情非得找点别的原因是很愚蠢的。她宁愿自己是个像理查德那样的人，他们做事情完全是为了自己，而她呢，她在等着过马路时心里想，一半的时候她做事不只是为了去做这些事，而是为了让别人这样或那样想。她知道，这样做愚蠢之极（警察现在举起了手），因为谁也不会上当，哪怕是一秒钟的工夫。啊，如果她能重新从头生活一次多好！她想道，一面踏上了人行道，甚至连长相都会不同呢！

---

1 乔罗克斯的《野游和欢宴》：最初是英国体育记者罗伯特·瑟蒂斯（1805—1864）为《新体育》所写的以名叫乔罗克斯的一个伦敦佬为主人公的滑稽故事，后于1838年收集成册出版，名为《野游和欢宴》。

2 《肥皂海绵》：罗伯特·瑟蒂斯1853年出版的《海绵先生游历》一书的简称，其主人公的名字叫肥皂海绵。

3 阿斯奎斯夫人（1864—1945），英国作家。

首先她会像贝克斯伯罗夫人那样肤色微黑，有着像起皱的皮子般的皮肤和美丽的眼睛。她会像贝克斯伯罗夫人那样动作缓慢庄重；个头大；像男人那样对政治感兴趣；拥有一幢乡间宅邸；非常高贵，非常真诚。而她自己有的却是像豌豆秆般瘦小的身材；像鸟脸般可笑的小尖脸。确实，她姿态优美；手和脚很好看；衣着考究，尽管花在上面的钱并不多。但是现在她常常感到她的这个躯体（她驻足观看一幅荷兰画），这个具有其一切功能的躯体似乎变得不存在了——根本不存在了。她有种最奇怪的感觉，感到自己是个隐身人，无人能见；无人能知；现在不再有结婚，不再有生儿育女，有的只是和街上的人群一起，令人惊异地、相当庄严地沿邦德街行进，自己作为达洛维夫人；甚至也不再是克拉丽莎；这是理查德·达洛维夫人的感觉。

邦德街令她着迷；商业旺季里清晨时分的邦德街；它那飘扬的旗帜；它的商店；没有铺排；没有炫耀；一匹粗花呢陈列在她父亲五十年间一直在那儿买套装的商店里；几粒珍珠；放在冰块上的大马哈鱼。

“就是这样。”她看着鱼店自语，“就是这样。”她重复道，在手套店门前停了下来，在战前，你可以在这里买到几乎完美的手套。她的老叔叔威廉从前常说，可以从鞋子和手套看出一个淑女来。在战争中间一天早上他死在了床上。他曾说：“我活够了。”

手套和鞋子；她特别钟情于手套；但是她的女儿，她的伊丽莎白，却对两样都没有任何兴趣。

没有任何兴趣，她心想，继续沿邦德街走下去，到每次她开晚会给她留花的一家店里去。伊丽莎白真正最爱的是她的狗。今天早上整座房子里都有一股柏油味儿。不过，可怜的小狗小灰总比基尔曼小姐好一点；就算狗瘟、柏油及诸如此类的东西也比坐在密不透气的卧室里端着本祈祷书强！她几乎要说，什么都比这强。但是也可能这只是一个阶段，如理查德所说的那样，所有的女孩子都要经历的。可能是爱上谁了。但为什么是基尔曼小姐呢？当然她遭遇很不幸；应该考虑到这一点，理查德说她很能干，具有历史头脑。总之她们形影不离，而伊丽莎白，她的亲生女儿，竟然去行了圣餐礼；她如何穿着、如何对待来吃午饭的客人，她倒一点也不在乎，因为经验告诉她，宗教狂热使人变得冷漠（为之奋斗的事业也是如此）；在感情上麻木不仁，因为基尔曼小姐为俄国人什么都愿意干，她为奥地利人忍饥挨饿，但是在个人的事上却给人巨大的折磨，她是这样麻木，老穿件绿色防水布外衣。她一年又一年地穿着那件外衣；她总是出汗；她只要在屋子里待上五分钟就必定让你感到她的优越，你的低劣；感到她是多么贫穷，你是多么富有；她如何住在贫民窟里，没有靠垫或床或小地毯或任何别的东西，她的灵魂带着深深插入其中的抱怨锈住了，她在战争期间被学校开除了——可怜的满腹怨恨的不幸的人！因为人们恨的不是她，而是她代表的想法，毫无疑问这想法里面包含了许多不是基尔曼小姐的东西；她变成了人们夜间与之斗争的幽灵之一；那种叉开两腿跨在我们身上，吸去我们一半生命之血的幽灵之一，是统治者和暴君之一；因为无疑如果再掷一次骰子的话，假如是黑色而不是白色占上风，她会喜欢基尔曼小姐的！但是不会在今生。不可能。

但是她觉得很焦躁不安，让这样一个残忍的魔鬼在她心中搅动！她在她的灵魂、这片枝繁叶茂的森林的深处听到了树枝断裂的噼啪声，感到魔蹄的践踏；再不能感到充分的满足或安全，因为任何时候这恶魔、这仇恨会搅动起来，特别是在她病后，使她感到受到刮擦、脊柱受损，给她肉体的痛苦，而且使她从美、友谊、健康、被爱和使家庭赏心悦目中获得的一切乐趣产生动摇、震颤、扭曲，仿佛真的有一个魔鬼在挖她的根，仿佛她整个心满意足的盔甲都只不过是自恋而已！这样的仇恨！

胡扯，胡扯！她对自己呼喊道，一面推开马尔伯里花店的转门。

挺直修长的身子，轻盈地走上前去，立刻受到了有着纽扣般小圆脸的皮姆小姐的欢迎，她的两只手总是通红，好像老是和花一起泡在冷水里似的。

到处都是鲜花：翠雀花，香豌豆花，一束束丁香花；有康乃馨，许许多多的康乃馨。那儿有玫瑰；有蝴蝶花。哦，有许多花——因此当她站在那儿和皮姆小姐说话时，同时呼吸着带有泥土气息的花园的馨香。皮姆得到过她的帮助，认为她很和善亲切，她多年前是很和善亲切的；非常和善亲切，但今年她显老了一些，她半闭着眼睛，头在蝴蝶花、玫瑰花和一丛丛上下摆动的丁香花间转来转去，在大街上的喧嚣之后尽情地闻吸这醉人的芳香，这沁人的清凉。然后她睁开了眼睛，玫瑰花显得多么清新啊，就像刚从洗衣房出来的叠放在柳条托盘中带花边的亚麻织物；红色的康乃馨浓郁端庄，高抬着头；所有的香豌豆花都在盆中伸展着，浅紫色的、雪白的、灰白的——仿佛现在已是黄昏，美好的夏日白昼已经过去，天空是一片深蓝色，到处是翠雀花、康乃馨、百合花；这时，穿着薄纱上衣的姑娘们出来采摘香豌豆花和玫瑰花。正是傍晚六七点钟之间，每一种花——玫瑰、康乃馨、蝴蝶花、丁香花——都鲜艳夺目；白色、紫色、鲜红、深橙色；每一朵花都似乎各自在朦胧的花坛中燃烧，柔和而纯洁；她是多么喜欢那灰白色的蛾子啊！它们在香水草、在黄昏中的樱草花间飞旋，飞进飞出，飞上飞下。

当她开始和皮姆小姐一起从一个花罐走到另一个花罐，挑选着鲜花时，她暗自说道，胡扯，胡扯，说得越来越轻柔，仿佛这美、这芳香、这色彩，以及皮姆小姐的好感和信任，是一股波浪，她听任它涌过她的全身，征服那仇恨、那魔鬼，征服一切；这股波浪把她托起、托起，突然——啊！外面大街上响起了枪声！

15

"天啊，那些汽车。"皮姆小姐说，手里满捧着香豌豆花走到窗前去张望，又抱歉地笑着走了回来，好像那些汽车，那些汽车胎，全都是她的过错。

把达洛维夫人吓了一跳、使皮姆小姐走到窗前去并道歉的猛烈的爆炸声来自一辆小轿车，它已经停在了正对马尔伯里花店橱窗的人行道边上。行人当然都停下脚步看热闹，正好看见浅灰色座位靠背上一个极端重要的人物的面孔，随即一只男人的手拉上了窗帘，于是除了一方浅灰色以外就什么也看不见了。

然而流言立刻从邦德街中段传出，一头传到了牛津街，另一头传到了阿特金森香水店；它既看不见又听不见，像一片浮云，迅速地如面纱般飘到山头，确实以云一般突然而至的庄重和静谧飘落到一秒钟前还全然是一片慌乱的人们的脸上。现在神秘之翼擦过他们身旁；他们已听到了权威的声音；宗教的灵魂弥漫在四处，她的眼睛被紧紧地蒙住，她的嘴唇大张着。但是没有人知道看见的是谁的脸。是威尔士亲王的，还是王后的，还是首相的？究竟是谁的脸？没有人知道。

埃德加·杰·沃基斯胳膊上绕着一卷铅管，用人们听得见的声音、当然是带着幽默的口气说道："所相（首相）的汽擦（汽车）。"

塞普蒂莫斯·沃伦·史密斯发现自己无法通过，听见了这句话。

塞普蒂莫斯·沃伦·史密斯，三十岁光景，脸色苍白，鹰钩鼻，穿一双棕黄色的鞋子和一件破旧的大衣，淡褐色的眼睛中流露出恐惧的神情，使得完全陌生的人看见了也生出恐惧感来。世界已经举起了鞭子，它会落向何处？

一切都停顿了。汽车发动机的震动犹如脉搏，不规则地敲击着全身。太阳变得异常炎热，因为那辆轿车停在了马尔伯里的橱窗外；在公共汽车上层的几个老太太打开了黑色的遮阳伞；这里一把绿伞、那里一把红伞轻轻啪的一声撑开。达洛维夫人怀里抱着大捧香豌豆花来到窗前，粉红的小脸充满疑问地皱着，向外张望。人人都在看着那辆轿车。塞普蒂莫斯在看。骑自行车的男孩跳下车来。车辆越集越多。而那辆轿车就停在那儿，窗帘拉着，塞普蒂莫斯觉得上面的图案很古怪，像一棵树；这种就在他眼前把一切逐渐吸引到一个中心来，仿佛某种恐怖之物马上就要浮出表面，即将爆发出熊熊烈焰的景象，使他感到十分恐惧。世界在动摇，在震颤，有熊熊燃烧的危险。他想，是我堵住了路。难道人们不是在看着他，对他指指点点吗？难道他不是为了一个目的才像在人行道上生了根般站在那里的吗？但是为的是什么目的呢？

“咱们接着往前走吧，塞普蒂莫斯。”他的妻子说，她是个小个子女人，黄色的尖脸蛋上有一双大眼睛；是个意大利姑娘。

但是卢克雷齐娅自己也禁不住看着那轿车和窗帘上的树形图

案。里面是王后吗？——王后出来购物吗？

一直在打开什么、转动什么、关上什么的司机这时进到了驾驶室里。

“走吧。”卢克雷齐娅说。

但是她那结婚已经四五年了的丈夫惊得跳了起来，生气地说了声：“好吧！”好像她打断了他的沉思似的。

人们一定注意到了；人们一定看见了。人们，她看着瞪着轿车看的人群心里在想；英国人，以及他们的孩子、马匹和衣服，她对这一切有着某种程度的羡慕；但现在他们只是“人们”而已，因为塞普蒂莫斯说过，“我要杀死自己”；说这种话太可怕了。要是有人听见了呢？她看了看人群。救命，救命！她想对肉店的伙计和女人们大喊救命！就在去年秋天，她和塞普蒂莫斯两人合披着一件斗篷站在泰晤士河的河堤上，塞普蒂莫斯没有说话，而是在看报，她从他手里夺下报纸，当着看见他们的那个老人大笑起来！可是失败是要掩盖起来的。她必须带他离开这儿，到某个公园去。

“现在我们该过马路了。”她说。

她有权挽起他的胳膊，尽管不带任何感情色彩。他会把胳膊伸给她，她单纯、爱冲动、只有二十四岁、在英国举目无亲、为了他才离开了意大利、骨瘦如柴。

那辆拉着窗帘、神秘难测的轿车向皮卡迪里大街驶去，但依然受到人们的注视，依然以其不变的神秘而令人崇敬的气息引起街道两边人们脸上表情的波动，至于是对王后，王子还是首相就不得而知了。车里的那张脸本身只有三个人看见了一下，而且只有几秒钟的工夫。现在对那人的性别也有了争议。但是里面坐着的是个大人物则是没有疑问的；大人物隐蔽着经过了邦德街，离平民只有一步之遥，这些人可能是平生第一次也是最后一次离英国君主、国家的不朽象征只有咫尺之距。到将来伦敦成了长满青草的小径，所有在这个星期三早晨匆匆行走在人行道上的人都成了白骨，只剩下混在尸骨中的几只结婚戒指和无数烂牙里的黄金做的填塞料，那时好奇的文物学家在岁月的废墟中探究审视，轿车里的脸才会真相大白。

很可能是王后，达洛维夫人捧着买好的鲜花走出马尔伯里花店时心里在想：是王后。她在阳光下站在花店旁边，当那辆拉紧窗帘的轿车在离她一英尺处驶过时，她的脸上瞬间出现了极度庄严的神情。也许是王后到哪家医院去；或者王后出席某个义卖市场的开幕式，克拉丽莎心里在想。

这个时候街上就这样拥堵了。不知是不是洛兹伦敦大板球场，或是阿斯科特赛马场，或是赫林海姆马球场有什么比赛？她琢磨着，因为街道挤得水泄不通。那些坐在公共汽车顶层两边的英国中产阶级人士，手里拿着包裹和雨伞，真的，有人甚至在这样的天气还穿着皮大衣，她想，他们真是可笑，简直可笑得超出了任何想象；而王后本人也被堵住了；王后本人也无法通过。克拉丽莎被阻在布鲁克街的一侧；那位老法官约翰·巴克赫斯特爵士被阻在另一侧，中间隔着那辆轿车（约翰爵士多年参与立法，喜欢穿戴讲究的女人）。这时那位司机稍稍探出了一点身子，不知是对警察说了些什么还是给他看了看什么东西，那警察敬了个礼，举起胳膊，头猛地一摆，指挥公共汽车开到一边，小轿车便开了过去。它缓缓地、无声无息地向前开去。

克拉丽莎猜到了；克拉丽莎当然明白；她刚才看见了男侍手里的一个白色的魔力无穷的东西，是个圆牌，上面刻着名字——是王后的，还是威尔士亲王的，还是首相的？——这块圆牌凭借着自身的光辉，烧开了一条通路（克拉丽莎看着车渐渐变小、消失），那天晚上，它将在白金汉宫大放异彩，在巨大的枝形烛台、闪耀的星形勋章、板直地挂着橡叶勋章的胸膛、休·惠特布莱德和他所有的同事、英国的绅士们中间熠熠生辉。而克拉丽莎也要举行晚会。她微微挺了挺身子，她将这样站在自己的楼梯口上。

轿车已经开走了，但留下了一丝余波，流过邦德街两侧的手套店、帽子店和成衣店。有三十秒钟工夫所有的脑袋都向着同一个方向——窗子。正在选手套的女士们——是要齐臂肘的还是超过臂肘的？柠檬黄色的还是浅灰色的？——都停了下来；刚说完话一件事就已经发生了。这种事单独出现时是微不足道的，没有任何数学仪器，即便是能传送发生在中国的震动的，也无法记录它的颤动；然而全部汇集在一起时却相当令人畏惧，能强烈地打动公众的感情；因为在所有的帽子店和成衣店里互不相识的人都看着对方，想到了死去的人们；想到了国旗；想到了大英帝国。在一条偏僻小街上的一家小酒店里，一个殖民地来的人言辞间侮辱了温莎王室，引起了争吵、摔破了啤酒杯、激起了一片混乱。这喧闹声奇怪地传到了街对面，回响在为婚礼购买饰有洁白的丝带的白色内衣的姑娘们的耳朵里。因为经过这里的那辆小轿车所引起的表面的激动，在逐渐平静的过程中触动了某种非常深沉的东西。

那辆轿车轻捷地穿过皮卡迪里广场，拐进了圣詹姆斯大街。高大的男人，健壮的男人，衣着考究的穿着燕尾服和白衬衫、头发往后梳的男人，出自难以分辨的原因，这时都站在布鲁克斯酒家的凸窗前。双手背在燕尾服后面看着窗外，他们本能地感觉到大人物正从此处经过，不朽的伟人发出的微光照在了他们身上，正如刚才照在了克拉丽莎·达洛维身上一样。顿时，他们站得更直了，手也不再放在背后，似乎随时都准备好为他们的君王效劳，如有必要，他们会像他们的先辈一样面对敌人的大炮。背后的白色半身塑像和放着《闲谈者》杂志及苏打水瓶的小桌子似乎也在表示着赞许；它们似乎象征着英格兰滚滚的谷物和庄园宅邸；似乎把车轮轻微的沙沙声反射出去，就像低音廊的墙壁反射一个声音，借助于整个大教堂的力量，使声音变得高昂洪亮。围着披巾的莫尔·普拉特手拿鲜花站在人行道上，祝愿那亲爱的青年人身体健康（里面肯定是威尔士亲王），要不是看到警察在盯着她，阻止她这个爱尔兰老妇表忠心的话，她就会出于轻松的心情和对贫穷的蔑视，把一罐啤酒的钱——一束玫瑰——抛到圣詹姆斯街上去。向圣詹姆斯宫的卫兵敬礼致意；向亚历山德拉皇太后的警察表示赞许。

与此同时，白金汉宫大门前已经聚集起了一小群人。他们都是穷人，无精打采然而又满怀信心地等待着；他们看着飘着国旗的王宫，看着在高台上衣服飘起的维多利亚女王[1]，观赏她周围一层层的流水和她的天竺葵；从林荫路上的汽车中一会儿挑出这一辆，一会儿又挑出那一辆来；白白地向开车出行的老百姓倾注满腔感情；当这辆或那辆车开过时又收起他们的赞美好保存起来；在整个这段时间中，他们听任流言在血管中聚集，刺激他们大腿的神经，他们想到王室在看着他们；王后低头致意；亲王在敬礼；想到上帝赐予国王们的天堂般的生活、王室侍从和深深的屈膝礼、王后过去玩的玩偶之家、玛丽公主嫁给了一个英国人，还有亲王——啊！亲王！人们说他特别像老爱德华国王，可是要苗条得多。亲王住在圣詹姆斯宫；但是他可能会在早上来拜见他的母亲。

1　指白金汉宫前广场上的维多利亚女王的巨大雕塑像。

抱着孩子的莎拉·布莱奇里就是这样说的，她不断颠动脚尖，就仿佛在宾里科自家的火炉围栏旁，可是她的眼睛却一直盯着林荫大道。而埃米莉·科茨则不断扫视皇宫的窗户，想象着侍女、数不清的侍女们，和寝宫、数不清的寝宫。一个牵着一条阿伯丁犬的上年纪的绅士和一些无业者也加入了进来，人群越聚越多。个子矮小的鲍利先生在奥尔巴尼饭店有一套房间，他生命深处的源泉已经被蜡封住了，但是这一类景象——贫穷的女人等待着看王后经过——贫穷的女人、可爱的小孩子、孤儿、寡妇、战争——啧啧——会突然地、不恰当地、伤感地将蜡封打开，他现在眼睛里还真有眼泪了。一阵微风得意扬扬地穿过稀疏的树木暖融融地吹过林荫大道，吹过英雄们的铜像，吹得鲍利先生心中的英国旗帜飘扬了起来，因此当那辆轿车拐进林荫大道时他脱下了帽子，在车子向他开近时把帽子高高举起；他笔直地站着，听任宾里科的贫穷的母亲们挤近他。轿车开近了。

突然科茨太太抬起头来看着天空。一架飞机的隆隆声不祥地钻进了人们的耳朵。它正飞近树丛上空，尾巴上喷出的白烟盘旋曲折，竟然是在写字！在天上写字母！所有的人都抬头看着天上。

飞机垂直俯冲，旋即直线上升，在空中翻筋斗、疾飞、下降、上升，无论怎样飞、无论飞到哪儿，它尾巴上都飘动着一股浓浓的白烟，在天空翻卷盘绕成个个字母。但是，是哪些字母呢？是A和C

吗？一个E，然后一个L？它们只有片刻的停留；然后就飘散开来，从天上抹去。飞机向远处疾速飞去，开始在另一片天空中写下了一个K，一个E，另一个也许是Y？

“Glaxo。”科莰太太直盯着天空，声音紧张而敬畏地读着，她白皙的婴儿一动不动地躺在她的怀里，也向上看着。

“Kreemo。”布莱奇里太太像个梦游者般喃喃道。鲍利先生手里一动不动地举着帽子，直盯着天空。整条林荫大道上，人们都站在那里看着天上。就在他们抬头仰望时，整个世界变得一片寂静，一队鸥鸟飞过了天空，先是一只领头鸥，然后是另一只，在这片奇特的宁静安详之中，在这片灰白与纯净之中，钟敲响了十一下，钟声渐渐消失在天空的鸥鸟群中。

那架飞机随心所欲地转弯、疾飞、俯冲，像个滑冰者一样快速、自由——

“那是个E。”布莱奇里太太喃喃道——

或者是个舞蹈家——

“那是toffee（太妃糖）。”鲍利先生咕哝道——

（那辆轿车开进了大门，没有一个人在看它。）飞机停止喷烟，越飞越远，白烟逐渐散去，聚集在了大团白云的四周。

飞机飞走了；隐没在了云朵的后面。一片寂静。字母E，G或L依附的白云自由自在地飘动着，似乎命中注定要从西到东去完成一件永远不会揭示于众的最为重要的使命，然而确实如此——一件最为重要的使命。但是突然，就像一列火车开出了隧道，那架飞机又一次冲出了云层，其隆隆声钻进了林荫大道上、格林公园里、皮卡迪里大街上、摄政街上、摄政公园里所有人的耳朵里，机尾盘绕着白烟，飞机俯冲、爬升，写出一个又一个字母——可是它写的是什么字呢？

卢克雷齐娅·沃伦·史密斯和丈夫并排坐在摄政公园里大道边的座位上，仰望天空。

“看，看呀，塞普蒂莫斯！”她高声喊道。因为霍姆斯大夫告诉过她，要让她丈夫（他根本没有什么病，就是情绪不好而已）对他身外之事感兴趣。

这样说来，塞普蒂莫斯抬头看着天空，心里在想，他们是在向我示意呢。当然实际上不是用具体的言辞；也就是说，他还不懂这种语言；但是这种美，这种极致的美是非常明显的，当他看着白烟构成的字慢慢在天空消散，以无穷的博爱和满含笑意的仁慈赐予他一种又一种难以想象的美，并向他示意，他们打算无偿地、永远地为他提供美、更多的美让他观看，他的眼中充满了眼泪，泪水流下了他的面颊。

“是太妃糖；他们在做太妃糖的广告。”一个保姆对卢克雷齐娅说。她们俩开始一起拼读“t–o–f–”。

“K-R-”保姆说，塞普蒂莫斯听见她在他耳旁说“凯，阿儿”，声音像音质圆润的风琴般深沉柔和，但又夹杂着蚱蜢叫似的刺耳之处，令人惬意地刺激着他的脊柱，将声波传入他的大脑，在脑中剧烈地震动、冲击。这真是一个了不起的发现——在某种大气条件下，人的声音（因为人一定要讲科学，讲科学最重要）能刺激树木的活力！雷齐娅[1]快活地把一只手重重地压在他的膝盖上，因此他被压住，动弹不得，否则榆树上下起伏的摆动，所有的树叶都亮闪闪的，颜色忽浅忽深，从蓝色到浪谷的绿色，像马头上的鬃毛、如女士们的羽饰，它们如此骄傲、如此壮丽地起伏着，这一切会使他疯狂的。但是他不会疯狂。他要闭上眼睛；他不再去看这一切了。

但是它们在召唤；树叶充满了生命的活力；树木充满了生命的活力。树叶通过千百万条纤维和他坐在座位上的身体相连，上下扇动着他的身体；当树枝伸展时，他也做出同样的表示。扑扇着翅膀在高高低低的喷泉间飞上飞下的麻雀们是构图中的一部分；黑色的树枝在白色和蓝色的背景上画下了道道条纹。声音与已存的沉思达到和谐；间歇与声音同样意味深长。一个孩子哭了起来。远处适时地响起了喇叭声。这一切放在一起意味着一种新宗教的诞生——

1 卢克雷齐娅的昵称。

“塞普蒂莫斯！”雷齐娅叫道。他惊得猛地一跳。人们肯定注意到了。

“我往喷泉那边散散步再回来。”她说。

因为她再也无法忍受了。霍姆斯大夫可以说他没有病。她却宁愿他死了倒好！当他这样瞪着眼却对她视而不见，把一切搞得十分可怕时，她没法坐在他的旁边；天空和树木，玩耍的儿童，慢吞吞地行进的马车，吹哨子，摔跟头；一切都十分可怕。而他不会自杀；她也无法告诉任何人。“塞普蒂莫斯工作太累了。”——她对自己的母亲也只能这样说。爱使人孤独，她想。她无法告诉任何人，现在就连对塞普蒂莫斯也无法诉说了。她回头看去，见他穿着他那件破旧的大衣独自坐在那个座位上，弓腰缩背，目不转睛地盯着什么。一个男人说要自杀是懦弱的表现，但塞普蒂莫斯打过仗；他很勇敢；他现在已经不是那个塞普蒂莫斯了。她戴上带花边的领子，她戴上新帽子，可他却根本没有注意到；没有她他很快活。而没有他时什么也不能使她快活！什么也不能！他很自私。男人都自私。他没有病。霍姆斯大夫说他没有病。她把手伸到面前。看！她的结婚戒指松了——她瘦得厉害。痛苦的是她——可她却无人诉说。

意大利离她非常遥远，那里有白色的房屋、她的姐妹们坐在里面缝制帽子的房间、每天晚上挤满了人的街道，大家散步、高声大笑，根本不像这里那些半死不活的人，蜷缩在轮椅中看着栽在花盆里的几棵难看的花！

“你该看看米兰的花园。”她大声说道。但是说给谁听呢？

四周没有一个人。她的话音消失了。火箭式焰火也是这样消失的。它冒着火花腾入夜空，被夜空吞没，黑暗降临到房屋和高塔的轮廓上；凄暗的山坡变得柔和，融入了黑暗之中。但是尽管它们已经消失，它们仍存在于黑夜之中；它们被夺去了颜色，没有了窗户，但它们却更为严肃地存在着，传递出坦荡的白昼所未能传递的一切——在黑暗中密集在一起、在黑暗中蜷缩在一起的事物的烦恼和不安；被剥夺了黎明带来的欣慰——晨光将墙壁洗成白色或灰色，照亮每一扇玻璃窗，驱散田野上的薄雾，露出在安静吃草的红棕色的奶牛，一切都再一次地被装点出来供人欣赏；又再度存在了。我孤单；我孤单一人！她在摄政公园的喷泉旁喊道（同时看着那个印度人和他的十字架），她心中感到的黑暗宛如午夜，一切分界线都不见了，这个国家回到它古时的形状，如罗马人登陆时所见，一切处于朦胧之中，山脉没有名字，河流蜿蜒曲折不知流向何处。突然，仿佛伸出了一个支架，她就站在上面，诉说她是他的妻子，几年前如何在米兰结婚，是他的妻子，她永远、永远也不会对人说他疯了！她一转身，支架倾倒，她跌落下去，不断下跌、下跌。因为他走了，她想——如他威胁的那样，走了，去自杀了——

去扑在车轮之下！可是没有；他在那边呢；仍然独自坐在那座位上，穿着那件破旧的大衣，两腿交叉着，瞪着眼睛，大声自言自语。

人类不应该砍树。存在着一个上帝。（他把这一类的启示记在信封背面）改变这个世界。没有人因仇恨而杀戮。使这一点广为人知（他把这写了下来）。他等待着。他倾听着。栖息在对面栏杆上的麻雀叫着塞普蒂莫斯，塞普蒂莫斯，叫了四五次后，接着拉长调子用希腊语尖声唱起来，唱诉世上如何没有罪恶，另一只麻雀加入了进来，一起拉长了尖声用希腊语唱述，在死者行走的河之彼岸那生命的牧草地上的树丛中，唱述世上如何没有死亡。

这儿是他的手；那儿是死者。对面栏杆后面正在聚集起一些白颜色的东西。但是他不敢看。埃文思就在栏杆后面！

“你在说什么？”雷齐娅在他身旁坐下，突然问道。

又打断了他！她总是打断他。

离开人们——他们必须离开人们，他说（跳起身来），马上到那边去，那边树下有几把椅子，公园的长长的坡地像条绿色的呢子在那儿向下倾斜，蓝色和粉红色的烟雾形成了高高的天篷，远处烟雾朦胧中不规则的房屋如一道壁垒，来往车辆在环行道上嗡嗡作响，在右边，暗褐色的动物把长长的脖子伸出动物园的围篱，又是狂吠，又是号叫。在那儿他们在一棵树下坐了下来。

“你看呀。”她恳求道，一面指着一小队拿着板球门柱的男孩，其中一个把脚在地上滑来滑去，站在脚后跟上打转，然后又把脚在地上滑来滑去，仿佛他是在音乐厅里扮演小丑。

“你看呀。”她恳求道，因为霍姆斯大夫曾对她说过，要让他注意真实的东西，去音乐厅，打板球——霍姆斯大夫说那是最合适的运动，一种很好的户外运动，对她的丈夫最合适了。

“你看呀。”她重复道。

冥冥中的幽灵命令他看，这个声音在和他交流；他，塞普蒂莫斯，人类中最伟大的一员，最近刚刚经历了生死考验，是来此复兴社会的上帝，他像床罩般躺在那里，像条只有太阳才能毁灭的雪毯，永不损耗、永受苦难，是替罪的羔羊，是永恒的受难者。但是他不愿如此，他呻吟着，摆摆手赶走那永恒的苦难，那永恒的孤独。

“你看呀。”她重复道，因为他不应在户外大声自言自语。

“啊，看呀。”她恳求道。可是有什么东西可看呢？几只羊。如此而已。

“去摄政公园地铁车站？”——他们能告诉她去摄政公园地铁车站怎么走吗——梅西·约翰逊问道。她两天前刚从爱丁堡来到伦敦。

“不是这条路——从那边走！”雷齐娅大声说，一面摆手让她走开，生怕她看见塞普蒂莫斯。

这两个人看上去都很古怪，梅西·约翰逊心里想。一切看上去都非常古怪。这是她第一次到伦敦来，到利登霍尔街她伯父那儿去做事，现在她在早上穿过摄政公园，坐在椅子上的这一对吓了她一跳；那年轻女人看上去像个外国人，那男人看上去很古怪；所以到了很老的时候，她仍然会记得他们，在记忆中搜出五十年前一个晴朗的夏日的早晨，她穿过摄政公园时的情景。因为她只有十九岁，终于如愿以偿，来到了伦敦；哎呀！多么古怪啊，她向他们问路的这一对，那女的吃惊地摆着手，那男的——他显得古怪得要命；也许他们在吵架；也许就要永远分手了；她知道肯定是出了什么事；现在所有这些人（因为她回到了大道上），这些石盆、整齐的花朵，这些老头老太太们，他们多半都是坐在轮椅里的病人——对于从爱丁堡来的她都显得非常古怪。当梅西·约翰逊加入到那些缓缓前行、茫然四顾、微风吹拂着的人群中去时——松鼠栖息在树上舔理着身上的毛、麻雀在喷泉上扑扇着翅膀寻找食物的碎渣、小狗逗弄着栏杆互相戏耍。和煦的微风吹拂着他们，赋予他们接受生活时的那漠然的凝视以某种怪异与平和——梅西·约翰逊感到绝对需要大喊一声，啊！（因为刚才坐在那个座位上的年轻人吓了她一跳。她知道肯定是出了什么事。）

真可怕！真可怕！她想大叫。（她离开了家人；他们警告过她会发生什么事情。）

她为什么没有待在家里？她喊道，一面拧动着铁栏杆上的球形捏手。

那个姑娘，邓普斯特太太心里想（她留下面包渣给松鼠吃，自己常常在摄政公园吃午饭），还什么都不懂呢；真的，她感到身体强壮一点，动作放松一点，期望适度一点似乎要更好一些。珀西嗜酒。唉，最好有个儿子，邓普斯特太太想。她很不容易熬了过来，因此看到这样一个女孩子就情不自禁微笑起来。你会结婚的，因为你够漂亮，邓普斯特太太想。结婚吧，她想道，那时你就明白了。啊，那些厨师啦什么的。每一个男人都有自己的习惯。可是如果我预先能够知道的话，我会做出那样的选择吗？邓普斯特太太想道；她不禁希望能对梅西·约翰逊悄悄说上一句话；让自己满是皱纹的松垂憔悴的老脸感受到怜悯的轻吻。因为她的一生够艰难的，邓普斯特太太想。难道她没有为此献出一切吗？红润的面孔；身材；还有她的脚。（她把自己臃肿的双脚缩进裙子下面。）

红润的面孔，她讥刺地想道。全是废话，亲爱的。因为其实由于吃喝、做爱、日子的好好坏坏，生活不只是玫瑰色的事了，而且，让我告诉你吧，加莉·邓普斯特并不希望和肯梯斯镇的任何女人交换命运！但是，她恳求道，怜悯。怜悯，为那失去了的红润的面孔。怜悯，这是她向站在风信子花坛旁的梅西·约翰逊所要求的。

啊，但是那架飞机！难道邓普斯特太太不总是渴望着到国外去看看吗？她有一个侄子，是个传教士。飞机飞快上升。她总是在马盖特上船出海，但始终在看得见陆地的距离之内，然而她却不能容忍怕水的女人。飞机掠过头顶俯冲下来。她吓得提心吊胆。又上升了。飞机上有个好小伙子，邓普斯特太太敢打赌。飞机迅速地越飞越远，渐渐消失，越飞越远；高高地掠过格林尼治和所有的桅杆；掠过一片灰色的教堂区，包括圣保罗大教堂及其他教堂，最后飞过展现在伦敦两侧的田野和深褐色的树林，林中爱冒险的鸫鸟大胆地跳来跳去，眼睛迅速一扫，叼起一只蜗牛就往石头上敲，一下，两下，三下。

飞机越飞越远，最后变成了一个小光点；一个渴望；一种浓缩；象征着人的灵魂（本特利先生感到似乎就是这样，他正在格林尼治精力充沛地平整他那一条草皮）；象征着人通过思维、爱因斯坦、推测、数学、孟德尔的遗传学理论来超越自己的躯体和自己的蜗居的决心，本特利先生一面清扫着雪松的四周，一面这样想道——那架飞机继续向远处飞去。

然后，一个衣衫褴褛、不三不四的男人提着一个皮包站在圣保罗大教堂外的台阶上，进退迟疑，因为不知道里面会有什么样的安慰、多大的欢迎，有多少飘扬着旗子的墓碑，这些不是战胜了敌人的军队的象征，而是，他想，战胜了讨厌的寻求真理的精神的象征，为了寻求真理我现在连个工作都没有；不仅如此，大教堂使你有伴，他想，邀请你成为社团的一员；伟人们都属于这一社团；烈士们为它而牺牲；为什么不进去，把这个塞满了小册子的皮包放到祭坛前、十字架前，它象征着一种超越了寻求、探索和语言的表达，完全成了精神的、脱离了躯体的、幽灵般的东西——为什么不进去呢？他想道，在他踌躇的时候，那架飞机又出现了，飞过了卢德盖特圆形广场上空。

很奇怪，四处一片寂静。除了车辆行驶声外听不见别的声音。飞机好像无人向导般任意飞翔。现在它呈弧形上升再上升，一直上升，仿佛出于狂喜、纯粹出于喜悦而上升，从机尾喷出的圈圈白烟写出了一个T，一个O和一个F。

“他们在看什么呢？”克拉丽莎·达洛维问来开门的女仆。

这所房子的过厅像地窖般凉爽。达洛维夫人把一只手举到眼前，当女仆关门时，她听见了露西裙子的沙沙声，她感到自己像个远离红尘的修女，裹着熟悉的修女的头巾，产生了对过去的虔诚的感应。厨娘在厨房里吹着口哨。她听见了打字机的咔嗒声。这就是她的生活，她在过厅的桌前低下了头，接受了这种影响，感到自己得到了祝福、净化，当她拿起记有电话留言的拍纸簿时，她对自己说，这样的时刻是生命树上的蓓蕾，她心里想，它们是黑暗中的花朵（仿佛有朵美丽的玫瑰曾专门为她而开放）；她从没有一刻相信过上帝；因而她更应在日常生活中报答，她拿起拍纸簿，心里想，在对待仆人，是的，对待小狗和金丝雀，特别是对待她的丈夫理查德，他是这一切的基础——这欢快的声音、绿色的灯光，甚至吹口哨的厨娘（因为沃克太太是爱尔兰人，整天都吹口哨）时——人必须用这秘密储蓄起来的美妙时刻来做出报答，她想道，一面举起拍纸簿，而露西站在她的身边正打算解释什么。

“太太，达洛维先生——”

克拉丽莎读着拍纸簿上的电话留言：“布鲁顿夫人希望知道达洛维先生今天是否能和她一起共进午餐。”

“太太，达洛维先生要我告诉你，他今天在外面吃午饭。”

“哎呀！”克拉丽莎说，露西如她所希望的那样也感受到了她的失望（但没有感受到她的痛苦）；感到了她们之间的默契；领会了其中的暗示；思忖着绅士阶层的人们之间的爱情；平静地为自己的未来镀上一层金色；她接过达洛维夫人的阳伞，像对待从战场光荣凯旋的女神身上摘下的一件神圣的武器，把它放在了伞架上。

“不要再害怕。”克拉丽莎说。不要再害怕骄阳的炎热；因为布鲁顿夫人只请理查德吃午饭而不请她，使她感到震动，使得她存在于其中的一刻战栗了，宛如河床上的一株植物感觉到桨划过时的震动和战栗：因此她震动；因此她战栗。

米莉森特·布鲁顿没有请她，据说她的午宴非常有趣。没有任何庸俗的嫉妒能把她和理查德分开。但是她惧怕时间本身，并且，好像是刻在毫无感觉的石头上的日晷，她从布鲁顿夫人的脸上可以看到生命如何在衰退；她的那份生命如何年复一年地被片片切掉，剩下的空间里能够伸展的余地是那么小，已不再像年轻时那样能够去吸收生存中的色彩、刺激和音调。当年她走进一个房间，里面就充满了她的存在；当她站在自己的客厅门外犹豫的那一刻，她会感到一种极度的不安，犹如会使跳水员在跃入大海前产生犹豫的那种不安：他看到下面的大海时暗时亮，汹涌而来似乎有着巨大冲击力的波浪却只轻柔地划破水面，滚动着翻起海藻，旋即以珍珠般的细浪将海藻淹没。

她把拍纸簿放在过厅的桌子上。她开始慢慢走上楼去，手扶着栏杆，好像刚刚离开一个社交聚会，在那儿，时而这个朋友、时而那个朋友使她回忆起她的面容和声音；好像她关上了门走到外面独自站着，形单影只地面对可怖的黑夜，更确切地说，是面对这个讲究实际的六月的早晨的日光；她知道对有些人来说，这个早晨柔和地发散着玫瑰花瓣的光彩，当她在开着的楼梯窗口停下脚步时，她也感觉到了这一点。窗外传来了窗帘飘动的啪啪声和狗叫声，也传来了白天的摩擦、敲打和兴旺繁荣的声音，她想着这一切，感到自己突然萎缩了，老了，胸部也平塌塌的了，她仿佛已经出了门，已经出到窗外，脱离了躯壳和现在已经不中用了的大脑，因为布鲁顿夫人——据说她的午宴非常有趣——没有邀请她。

像个退回独室的修女、探索宝塔的小孩，她走上楼去，在窗口停了一下，走进洗手间。里面铺着绿色地毡，一只龙头在滴水。生活的中心是一片空虚；阁楼上的一个房间。女人必须卸下她们华丽的衣饰。中午时她们必须脱去衣衫。她把帽针插在针插上，把带羽饰的黄色帽子放在了床上。床单很干净，像条宽宽的白带子紧绷在床上。她的床会越来越窄。蜡烛已燃掉了一半，她曾着迷地阅读马尔博男爵[1]的《回忆录》。她深夜阅读了从莫斯科撤退的记述。因为下议院开会总是开到很晚，在她病后理查德坚持她的睡眠一定不能受到干扰。其实她宁愿读关于从莫斯科撤退的书。他知道这一点。因此她的房间在阁楼上；床很窄；她睡不好觉，躺在床上看书时总无法排除虽然生过孩子却仍保持的处女感，这感觉像床单般紧裹着她。她少女时非常可爱，但突然会有一刻——例如在克利夫登树林下面的小河上——由于这种冷漠性情的作用，她让他失望了。后来是在君士坦丁堡，以后又一再如此。她看得出自己缺乏的是什么。不是美貌；不是头脑；而是一种弥漫全身的至关紧要的东西；一种热烈的、能冲破表层、在男女之间或女性之间的冷冰冰的接触中造成战栗的东西。她能够隐隐地觉察到这一点。她讨厌它，对它感到踌躇不安，天知道这是从哪儿来的，也许，如她所想，是大自然赐予的（大自然永远是充满智慧的）；然而有时她却禁不住为女

1　马尔博男爵（1782—1854），法国将军，拿破仑时代回忆录的作者。

人的魅力所吸引，不是年轻姑娘，而是对她坦述自己落入的困境或干出的傻事的女人，她们经常这样做。究竟是出于同情，还是喜欢她们的美丽，还是因为自己年纪要大一些，还是一些偶然因素——比如说一缕淡淡的香气，或隔壁传来的小提琴声（某些时刻声音的力量是如此奇特），都会确确实实地使她产生男人那样的感觉。这只是片刻的感觉；但已经足够了。这是突然的启示，其滋味有点像脸红，你想要制止住，但红晕却不断扩散，你也只好听之任之，冲到最远的边上去发抖，感觉世界在向你逼近，充满了某种惊人的意义，某种狂喜所生的压力，它挣破了薄薄的表皮喷涌而出，填满了裂口和创伤，带来了巨大的慰藉！然后，就在那一刻，她看见了光明；一根火柴在一朵藏红花中燃烧；一种内在的含义几乎被表述了出来。但是亲密的离开了；坚硬的软化了。那个时刻——逝去了。和这样的时刻（包括和女性在一起的）形成对比的（她把帽子放下）是床和马尔博男爵的书和点掉了一半的蜡烛。她醒着躺在床上，地板发出吱嘎声；灯火明亮的房子突然黑了下来，如果她抬起头来，就能隐约地听到咔嗒一响，是理查德正尽量轻轻地松开门把手，他只穿着袜子悄悄溜上楼，然后却常常把热水袋掉到地上，于是嘴里诅咒起来。她那个笑啊！

但是这个爱情的问题（她一面把大衣收起来，一面想），这个爱上了女人的问题。就拿莎利·西顿来说吧：她从前和莎利的关系。无论如何，难道那不就是爱情吗？

莎利坐在地板上——那是她对莎利的第一个印象——她两只胳膊抱着膝盖，坐在地板上抽香烟。那可能是在哪儿呢？在曼宁家？在金洛克·琼斯家？反正是在一次社交聚会上（是什么地方她记不清了），因为她清楚地记得问和她在一起的那个男人，"那个人是谁？"他告诉了她，并且说莎利的父母关系不好。（她感到多么惊奇啊——一个人的父母竟会吵架！）但是整个晚上她两只眼睛都离不开莎利。那是一种她最爱慕的特别的美，微黑的皮肤，大大的眼睛，还有她那种无拘无束的个性，仿佛她什么都能说，什么都能做，比起英国女人来，这个特点在外国女人身上要普遍得多；由于她自己缺乏这个特点，她总是非常羡慕莎利。莎利总说她身上有法国血统，祖上曾有人侍奉过玛丽·安托瓦内特[1]，后来被砍头，留下了一只红宝石戒指。可能就是那个夏天莎利到伯顿来住了一阵。一天晚饭后她出人意料地走进门来，身无分文，搞得可怜的海伦娜姑妈烦乱不堪，以致一直都没有原谅她。她家里吵架了。她那晚到她们家来时确实是身无分文——她当掉了一只胸针才有了路费。她是一怒之下跑出家门的。她们俩聊了个通宵。是莎利让她第一次感到伯顿的生活是多么没有经过风雨。她对性一无所知——对社会问题

1 玛丽安托瓦内特（1755—1793），法国国王路易十六的王后，在法国大革命时被送上了断头台。

一无所知。她有一次看见过一个老头倒在田地里死去——她看见过刚生过小牛的母牛。但是海伦娜姑妈从来不喜欢讨论任何事（当莎利给她威廉·莫里斯[1]的书时，得拿牛皮纸把书包上）。她们坐在顶层她的卧室里，一小时又一小时地聊着，谈生活，谈她们将如何改造世界。她们打算建立一个废除私有财产的社团，还真写好了一封信，虽然没有寄出去。当然主意都是莎利的——但很快她也和莎利一样激动起来——早餐前躺在床上读柏拉图的书；读莫里斯的书；成小时地读雪莱的诗。

莎利的力量真是惊人，还有她的天赋和秉性。比方说她摆放鲜花的习惯。在伯顿，大家总是把呆板的小花瓶在桌子上放成一长排。莎利出去采来了蜀葵，大丽花——各种各样人们从来没有看见过给摆在一起的花——她剪下花朵，让它们漂浮在一只只放着水的大碗里。在夕阳西下走进来吃晚饭时看到——那效果真是非同寻常。（当然海伦娜姑妈认为这样对待花真是罪过。）还有，她忘记拿洗澡的海绵，便光着身子跑过走廊去取。那个严厉的老女佣埃伦·阿特金斯四处抱怨——“要是让哪个先生看见了怎么办？”确实，莎利是让人吃惊。爸爸说她邋里邋遢。

回想起来，奇怪的是她对莎利的感情的纯洁和无瑕，和对男

1 威廉·莫里斯（1834—1896），英国诗人、小说家、画家。

人的感情不同。它是完全没有私心的，并且有一种只可能存在于女性之间、存在于刚刚成年的女性之间的特性。在她这方面，这感情具有保护性的特点；产生于一种同盟感，一种注定会有什么东西把她们拆散的预感（她们谈起婚姻时，总把它说成是场灾难），导致了这种骑士精神和保护对方的感情，这一点在她身上要比在莎利身上强得多。因为那时候莎利根本不顾后果；为了炫耀会干出最愚蠢的事情来；像绕着平台的低矮护墙骑自行车；吸雪茄。她确实荒唐——非常荒唐。但她的魅力是无法抗拒的，至少对她是如此，因此她依然记得自己手里拿着热水罐，站在屋子顶层的卧室里大声说：“她就在这所房子里。……她就在这所房子里！”

现在，这些话对她已毫无意义。对旧日的感情，她甚至连一点反响都找不到了。但她仍然记得曾因激动而浑身发冷，带着某种狂喜梳理头发（现在当她取下发卡放在梳妆台上，开始梳理头发的时候，旧日的感情又开始在心头出现），外面几只白嘴鸦在粉红色的暮霭中得意地上下翻飞，她穿戴好了走下楼去，穿过大厅时心里觉得“如能此时死去，此时将最为幸福”[1]。那就是她的感觉——奥赛罗的感觉，她感受到了，她相信她的感受和莎士比亚意欲让奥赛罗感受到的同样强烈，而这一切都是因为她穿着白色的上衣下楼去吃

1　莎士比亚《奥赛罗》第二幕第一场奥赛罗语。

饭，要见到莎利·西顿！

莎利穿的是粉红色的薄纱衫——这可能吗？但不管怎么说，她看上去浑身明亮，容光焕发，像飞进来的一只小鸟或气球，片刻间依恋在一棵荆棘之上。但当一个人恋爱之时（这不是恋爱又是什么？），最奇怪的莫过于其他人的冷漠态度。海伦娜姑妈吃完饭就那么走开了；爸爸看报纸。彼得·沃尔什可能在场，还有年老的卡明斯小姐；约瑟夫·布赖特科普夫肯定在，因为，可怜的老人，他每年夏天都来，一住就是好几个星期，假装和她一起读德语，其实是来弹钢琴，用破锣嗓子唱勃拉姆斯的曲子。

这一切对于莎利都只是个衬托。她站在壁炉边和克拉丽莎的爸爸聊天，声音甜美，使得她说的一切听来都像温柔的爱抚。克拉丽莎的父亲不由自主地开始为她所吸引（他把自己的一本书借给了她，后来发现书在平台上泡得透湿，对此他始终不能原谅）。突然她说："坐在屋子里多遗憾呀！"于是大家全都去到外面平台上，溜达来溜达去。彼得·沃尔什和约瑟夫·布赖特科普夫继续讨论瓦格纳。她和莎利稍稍落在后面。她们经过一只开满鲜花的石瓮，这时，她一生中最美妙的时刻出现了。莎利停下脚步；摘了一朵花；吻了她的嘴唇。真是天翻地覆！所有其他的人全都消失了；只有她独自和莎利在一起。她感到自己得到了一件包好了的礼物，要她留着，不要看——一粒钻石、某种无价之宝，包得好好的，当她们散步的时候（走来走去，走来走去），她打开了包，抑或是其光芒穿透出来，是启示、是虔诚的感情！——这时，老约瑟夫和彼得来到她们面前：

“在呆想什么？”彼得问。

就好像在黑暗中脸撞在了花岗石的墙上！太讨厌了；太可怕了！

她这样想不是为了自己。她只是感到莎利受到了伤害和粗暴的对待；她感到了他的敌意；他的妒忌；他要闯入她和莎利之间的友谊的决心。她看到了这一切，就如一个人在闪电照亮的刹那看到了眼前的景色——而莎利（她还从来没有像这样钦佩过她）毫不气馁，依然豪爽地自行其是。她高声大笑。她让老约瑟夫告诉她星星的名字，这正是他很愿意认真去做的事情。她站在那里，她听他讲。她听见了星星的名字。

“啊，这个讨厌鬼！”她自言自语道，仿佛她一直就知道会有什么东西来打搅她，来破坏她幸福的时刻。

然而，以后她欠了彼得多少的情啊。不知什么原因，每当她想到他时，总是想起他们的争吵——也许是因为她太希望得到他的好评了。是他用“伤感”“文明”这两个词来评价她；她生活中的每一天都是以这两个词开始，仿佛他在保护她。一本书是伤感的，一种生活态度是伤感的。也许她总在回忆过去也是“伤感的”。她心想，他回来以后会怎么想呢？

想她老多了吗？他回来后会这么说吗？还是她会看出来他在这么想？确实如此。自从病后她头发几乎全白了。

她把胸针放在桌上，突然感到一阵痉挛，好像在她沉思之际，那冰冷的魔爪已趁机在她身上安顿下来。她还没有老。她刚刚才进入五十二岁。还有许许多多个月没有过呢。六月、七月、八月！每个月几乎都是完整的，仿佛要捕捉住逝去的每一点时光，克拉丽莎（她正向梳妆台走去）全身心地投入到眼前瞬间的中心中去，使它停留在那儿——这个六月早晨的瞬间、积聚了所有其他早晨的重压的瞬间，她用新颖的眼光看到镜子、梳妆台，以及所有的瓶子，（当她照镜子时）她把全部的自己集中在一点上，看见了当晚要举行晚宴的那个女人的粉红细嫩的脸蛋；克拉丽莎·达洛维的脸；她自己的脸。

她曾几百万次地看到自己的脸，每次都有着同样的、不易觉察的微微缩拢的表情。她照镜子时总是噘起嘴唇。这是为了给她的脸一个特征。那就是她的自我——脸儿尖尖、像只飞镖、清楚明确。那就是她自己：当某种努力、某种要求她成为自己的召唤把她的各个部分聚拢在一起时，只有她自己才知道这和平时有多么不同，多么不一致。她只是为了外部世界才这样把自己组合成一个中心、一粒钻石、一个坐在自己的客厅里给大家提供聚会场所的女人，无疑是某些生活枯燥沉闷的人生活中的一点光辉，也许是孤独者寻求的一个庇护所；她曾帮助过年轻人，他们感激她；她一直努力保持一贯，从不表现出一丝一毫她的其余方面——她的毛病、妒忌、猜疑，比如像布鲁顿夫人没有请她吃午饭的事；她觉得（终于在梳头了）这很卑鄙！哎，她的衣服在哪儿？

她的晚礼服都挂在衣橱里。克拉丽莎把手伸进柔软的衣服之中，轻轻取出那件绿色的裙衣，拿到窗子旁。衣服撕破了，有人踩在了裙子上。在大使馆的晚会上她感觉到裙腰的褶子处被扯开了。在灯光下绿颜色会发亮，但是现在在太阳光下一点也不鲜艳。她要把它补上。她的女佣们事情太多了。她今晚就穿它。她要拿上她的丝线、她的剪刀、她的——什么来着？——哦，当然，她的顶针，到楼下客厅里去，因为她还要写信，并且要照料好一切，使各种事情大致准备就绪。

多么奇怪，她在楼梯平台上停住脚步，把自己组合成那个钻石形的、单一的人时，心里在想，多么奇怪，一个女主人对自己家里的重大时刻、它的特性有这样的了解！轻微模糊的声音顺着楼梯井盘旋而上；拖把的索索声；轻叩声；撞击声；大门打开时的响声；地下室里一个重复什么口信的声音；托盘上银餐具相碰时的叮当声；为晚宴准备的干净的银餐具。一切都是为了这次晚宴。

（这时露西端着托盘走进了客厅，把巨大的蜡烛台放在壁炉台上，把银盒子放在中间，把水晶海豚转过来对着钟。他们会来，他们会站在这里；他们会用她露西也能模仿的装腔作势的调子说话，那些绅士淑女们。在所有的人之中，她的女主人是最可爱的——她是银餐具、亚麻织品、瓷器的女主人；因为那太阳、那银餐具、摘下来的门扇、朗普尔迈耶店里来的工人全都使露西感到某种成就感，这时她把裁纸刀放在了嵌花桌子上。她第一次干活是在坎特汉姆的一家面包店里，那时她盯着玻璃窗看着，对老朋友们说，看呀！看呀！她就是安吉拉夫人，玛丽公主的侍女；这时达洛维夫人一脚走了进来。）

“啊，露西，”她说，“银餐具看上去确实漂亮！”

“还有，”她一面转动水晶海豚使它直立起来，一面问道，“昨晚的戏好看吗？”“哦，他们没等演完就得离开！”她说。“他们十点得回来！”她说。“所以他们不知道结局。”她说。“那可真不走运。”她说（因为如果他们提出来的话，她的仆人可以待得晚一些）。“那确实不应该。”她说。她拿起沙发中间一只秃秃的旧靠垫，放在露西的怀里，轻轻推了她一下，大声说：

“拿走！拿去给沃克太太，说我问候她！拿走！”她大声说道。

露西拿着靠垫在客厅门口停了下来，微红着脸，非常不好意思地说，她不能帮她补那件裙衣吗？

可是，达洛维夫人说，她手头的事情已经够多的了，不补衣服就够她忙的了。

“不过，谢谢你，露西，啊，谢谢你。”达洛维夫人说，“谢谢你，谢谢你。”她继续说道（她在沙发上坐下，裙衣放在膝盖上，还有剪刀，丝线），“谢谢你，谢谢你。”她继续说，表示对所有的仆人的感谢，他们帮助她成了现在的她，成了她希望的样子：温柔、心地宽厚。她的仆人们喜欢她。现在看她的这件裙衣——撕破的地方在哪儿？现在该穿针了。这是她最喜欢的一件裙衣，是萨利·帕克做的，几乎是她最后做的几件衣服之一了，唉，萨利现在已经退休了，住在伊林，假如我能找到一点时间，克拉丽莎想（但是她永远也不会有任何时间了），我就要到伊林去看她。因为她与众不同，克拉丽莎想道，一个真正的艺术家。她想到萨利一些古怪的小事；但她做的衣服却从来不怪。你可以在哈特非尔德穿；在白金汉宫穿。她就穿着它们去过哈特非尔德，去过白金汉宫。

宁静降临她的身心，她感到平静、满足，手里的针把丝线一针针平滑地拉到头，把散开的绿色褶子折拢轻轻地缝在裙腰上。于是，在一个夏日里，海浪聚拢、失去平衡、跌散；聚拢又跌散；整个世界似乎都在越来越沉重地说“无非如此”，直到连躺在海滩上晒太阳的人躯体里的那颗心也说，无非如此。不要再害怕，那颗心说。不要再害怕，那颗心说，把沉重的负担交付给大海，它为一切的忧伤叹息，然后复苏、开始、聚拢、跌散。只有躯体在倾听飞过的蜜蜂的嗡嗡声；海浪的拍击；狗的吠叫，远远的，叫了又叫。

“天哪，前门的门铃响了！”克拉丽莎喊道，停下了手里的活计。她惊起，侧耳倾听。

“达洛维夫人会见我的。”门厅里一个上年纪的男人说道。“啊，是的，他会见我的。”他重复道，并且非常和善地推开了露西，飞快地跑上楼去。“是的，是的，是的，”他边跑上楼边喃喃道，“她会见我的。在印度五年了，克拉丽莎会见我的。”

“谁会——什么事情会？”达洛维夫人自问（心想，在她要举行宴会的这一天的上午十一点钟竟然有人来打搅她，实在是太不像话了），这时她听见楼梯上的脚步声。她听见有人把手放在门上。她似乎要把裙衣藏起来，就像一个处女要保护贞操，尊重私密。这时铜门把手滑动了。现在门开了，进来的人是——有那么一秒钟她想不起他的名字！她看见他感到这样惊奇、这样高兴、这样羞涩，彼得·沃尔什在上午出乎意料地来看她，太让她吃惊啦！（她还没有读他的信。）

“你好吗？”彼得·沃尔什说，他实实在在地在发抖；他把她的两只手都握住；两只手都吻了。她比以前老了，他心里想着，坐了下来。我不会告诉她的，他想，因为她比以前老了。她在看着我，他想；一阵突然的窘迫感向他袭来，尽管他已经吻过了她的手。他把手放进口袋里，拿出了一把大折刀，打开了一半。

完全是老样子，克拉丽莎想；同样的古怪神情；同样的格子套装；他的脸有一点歪，也许干瘦了一点，但是看上去非常健康，而且一点也没变。

“又见到你真太好了！”她大声说道。他把折刀打开了。他专爱干这种事，她想道。

他昨天晚上刚到城里，他说马上就得到乡下去；情况好吗？大家都好吗？——理查德，伊丽莎白，都好吗？

“这是怎么回事？”他把折刀歪着指向她的绿裙衣，问道。

他衣着很考究，克拉丽莎想；可是他总是批评我。

这儿她正在补衣服；和往常一样补衣服，他暗想；我在印度的所有时间里她就坐在这里；补她的衣服；四处闲晃；参加聚会；跑到下议院去再回来，等等，他想到此处，变得越来越恼火，越来越激动不安，因为对于某些女人来说，世界上再没有比婚姻更糟糕的事了。他想；还有涉足政治；还有嫁了个保守党人丈夫，像那位可敬的理查德。就是这样，就是这样，他心想，啪的一声合起了折刀。

“理查德很好。理查德在一个委员会开会。”克拉丽莎说。

她打开剪刀，问他是否介意她把裙衣补完，因为他们晚上有宴会。

“我不打算邀请你。”她说。“我亲爱的彼得！”她说。

听见她这样叫自己——我亲爱的彼得！——太美妙了。确实，一切都这么美妙——银餐具，椅子；全都这么美妙！

她为什么不打算邀请他参加她的宴会？他问道。

当然，克拉丽莎想，他真让人着迷，绝对让人着迷！我现在还记得，在那个可怕的夏天，要下决心不和他结婚难透了——我为什么又下了这个决心呢？她琢磨着。

“可是你今天早上会到这里来，太不寻常了！”她高声说道，一面把两只手交叠着放在了裙衣上。

“你还记得吗？”她说，“在伯顿的时候，窗帘总是拍打得啪啪响？”

“没错。”他说。他还记得独自非常尴尬地和她父亲一起吃早饭，他已经去世了，而他也没有给克拉丽莎写信。不过他一直就和老帕里合不来，那个牢骚满腹、缺乏主见的老头，克拉丽莎的父亲贾斯廷·帕里。

“我常常希望当时和你父亲相处得好一点。”他说。

“可是他从来没有喜欢过任何一个——我们的朋友。”克拉丽莎说。她本该咬住舌头，不该这样提醒彼得他曾经想和她结婚。

我当然这样想过，彼得想道；而且这事几乎使我心碎，他想道；他沉浸在自己的悲伤之中，他的悲伤犹如从平台看去的一轮月亮在逐渐上升，在夕晖中苍白而美丽。他心想，从那以后，我再没有像那样痛苦过。他感到仿佛真的是坐在平台上，把身子稍稍挪向克拉丽莎；伸出手；举起来；又放下了。它就挂在他们上方，那轮月亮。她仿佛也和他一起坐在平台上，坐在月光下。

“现在房子归赫伯特了。”她说。“我现在不再去那儿了。”她说。

这时，正如月光下平台上会发生的那样，其中一个人因为已经厌烦而开始感到惭愧，而另一人却一声不响地坐着，非常安静，凄然地看着月亮，前者便也不愿说话，只是挪挪脚，清清嗓子，注意到桌子腿上的旋涡形铁饰，动动一片花叶，但什么也不说——彼得·沃尔什现在就是如此。因为，为什么要这样去回顾往昔呢？他想。为什么要让他再忆起那事呢？她已经那样残酷地折磨了他，为什么还要让他痛苦？为什么？

“你还记得那个湖吗？”她说，声音粗哑，心中剧烈的感情压得她喉部肌肉发僵，在说“湖”字时嘴唇发抖。因为当时她是个孩子，站在父母之间把面包扔在湖里喂鸭子，而同时又是一个成年女子，捧着自己的生活走向站在湖边的双亲。当她走近他们时，她捧在怀中的生活越变越大，最后变成了一个完整的生活、全部的生活，她将这个生活放在他们身边，说：“这就是我一生的结果！这就是！”而她一生的结果是什么呢？究竟是什么呢？就是今天上午缝着衣服和彼得坐在一起。

她看着彼得·沃尔什；她的目光穿越了层层岁月和那份情感迟疑地落到他的身上；泪汪汪地在他身上停留；然后目光抬起飘飖而

去，就像一只小鸟稍落枝头便颤动着翅膀飞去。她毫不掩饰地擦了擦眼睛。

“记得。”彼得说。“记得，记得，记得。”他说，仿佛她把什么东西吸引到了表面上来，而当它升起时肯定无疑地伤害了他。别说了，别说了，他想大喊。因为他还不老；他的生活还没有结束；根本没有。他才刚过五十。我要不要告诉她呢？他心想。他很想和盘托出一切。但是她太冷漠了，他想；只顾又剪又缝的；戴西在克拉丽莎旁边会显得非常平庸。她会认为我是个失败者，从他们的意义上，从达洛维家的意义上，我是个失败者。啊，是的，他毫不怀疑这一点；他是个失败者，和这一切相比——嵌花桌子、刀柄镶宝石的裁纸刀、那只海豚和烛台、椅套和珍贵的英国古老的淡彩版画——他是个失败者！我憎恶这一切中反映的自命不凡；我憎恶理查德的这些做派，而不是克拉丽莎的做派；她嫁给他这件事除外。（这时露西走进了屋子，端着银餐具，更多的银餐具，但她样子很可爱，苗条，举止优雅，当她弯腰把银餐具放下时他心里想。）而这些年来这一切始终在继续着！他想；一周又一周；克拉丽莎的生活；与此同时我——他想；顿时从他身上仿佛散发出了他生活中的一切；旅程；骑马；争吵；历险；桥牌聚会；风流韵事；工作；工作，工作！他毫不遮掩地拿出了折刀——他的那把牛角柄的旧折刀，克拉丽莎敢打赌三十年来他一直就用的这把刀——一把攥在了手心里。

这是个多么奇怪的习惯，克拉丽莎想道，总是玩弄刀子。而且总让人觉着自己轻浮；头脑空虚；只不过是只愚蠢的话匣子，如他曾说过的那样。但我也是，她想，她拿起了针，召唤帮助，就像一个因卫兵睡着了而无人保护的女王（他的来访使她非常吃惊——搅得她心烦意乱），任何人都可以信步走入，来看在弯垂的荆棘枝下躺着的她，她召唤帮助，召唤她做过的事；她喜爱的一切；她的丈夫；伊丽莎白；她自己，现在彼得已几乎不了解她这个自己了；总之，她要召唤这一切来到她的身边，击退敌人。

“那么，你的情况怎样？”她问道。就这样，在战斗开始之前，战马踢地；仰头；腹背鬃毛闪闪发亮；脖子弯成弧形。就这样，彼得·沃尔什和克拉丽莎并排坐在蓝沙发上，彼此挑战。他的力量在体内涌腾。他从不同的方面把各式各样的事情集中到一起；他受过的赞扬；他在牛津的事业；他的婚姻，对此她一无所知；他曾经怎样爱过；以及总的来说如何完成任务的。

“千百万件事情！”他大声说，积聚起来的力量这时横冲直撞，使他感到像被不再看得见的人们抬在肩上，急速掠过半空，既害怕又兴奋。在这种力量的驱使下，他把两只手举起放在额头上。

克拉丽莎直挺挺地坐着，屏住气息。

“我恋爱了。”他说，然而不是在对她说，而是对黑暗中高处的某个女人在说，你触摸不到她，而只能把花环放在黑暗中的草地上。

“恋爱了，”他重复道，这次是干巴巴地对克拉丽莎·达洛维说的，“爱上了在印度的一个姑娘。”他已放好了花环。随便克拉丽莎怎么想吧。

“恋爱了！”她说。在他这个年纪，系着个蝴蝶领结，居然会被那个魔鬼吞没掉！你看他脖子上一点肉也没有；手红了吧唧；而且他比我还要大六个月呢！她把目光闪回到自己身上；但是她内心仍然感到他是在恋爱。他有爱情，她感到；他是在恋爱。

但是那不屈不挠的自我中心感永远要把反对它的大军踏翻在地，那是一条总是说向前、向前、向前的河流；尽管它承认可能对于我们根本就没有什么目标，还仍然要向前、向前；这个不屈不挠的自我中心感使她脸蛋发红；显得非常年轻；非常健康；眼睛非常明亮；她坐在那儿，裙衣放在膝头，针把绿丝线拉到头后停在那里，微微颤抖着。他恋爱了！爱的不是她。当然爱上的是某个年纪比她轻的女人。

“那么她是谁呢？”她问道。

现在这个雕像必须从放置着的高处拿下来，摆在他们之间。

“很遗憾，是个已婚女人，”他说，“丈夫是印度陆军的少校。”

他以这种可笑的方式把她放在了克拉丽莎的面前时，他甜蜜的微笑中带着一丝古怪的嘲弄味道。

（不管怎样，他是在恋爱，克拉丽莎想道。）

“她有两个很小的孩子，”他很理智地继续道，“一个男孩一个女孩；我回来是和律师商量有关离婚的事的。”

他们就是这个情况！他想。你愿意怎么对待他们就怎么对待他们吧，克拉丽莎！他们就是这个情况！在克拉丽莎审视他们的时候，他似乎感到印度陆军少校的那位妻子（他的戴西）和她两个幼小的孩子每一秒钟都变得更为可爱；仿佛他只是把光打在盘子里的一粒小灰球上，但在他们俩那生气勃勃的带着海水咸味的亲密氛围中，生长起了一棵可爱的小树（因为从某些方面来说，没有人能像克拉丽莎那样理解他，同情他）——他们之间那异常亲密的氛围。

她吹捧他；她愚弄他；克拉丽莎想道，她三刀就刻出了那个女人、那位印度陆军少校的妻子的轮廓。真是糟蹋了他！真愚蠢！彼得一辈子都像这样被愚弄；先是被牛津大学开除；后来和在去印度的船上认识的一个女孩子结了婚；现在又是印度陆军少校的妻子——感谢老天当初她没有答应嫁给他！不过，他是在恋爱；她的老朋友，她亲爱的彼得，他在恋爱。

“那你打算怎么办？”她问道。哦，林肯法律协会的胡珀和格雷特利律师事务所的律师们自会去办的，他说。他还真用折刀修起指甲来了。

看在老天的分上，别鼓捣那把刀子了！她感到一阵无法压制的恼怒，在心里暗自大喊道；使她恼怒的是他那份愚蠢的不顾传统习俗的表现，这是他的弱点；他缺乏对别人的感觉的任何了解；这些一直都使她恼怒；而现在在他这个年纪，多么愚蠢！

这些我全知道，彼得想，我知道自己面对的是什么，他想，一面手指沿刀刃滑动，面对的是克拉丽莎和达洛维以及其他所有的人；但是我要让克拉丽莎看看——这时，完全出乎他的意料，他突然被从空中抛来的那些无法控制的力量所压倒，泪如泉涌，哭了起来；他坐在沙发上毫不害羞地哭着，眼泪顺着面颊往下流。

克拉丽莎探身向前，握起他的一只手，把他拉向自己，吻着他——实际上在她能够压下胸中舞动着的银光闪闪的激情之羽（犹如被热带飓风刮得剧烈摆动的蒲苇草）之前，就已经感到贴在她的面颊上的他的脸了。胸中的飓风逐渐平息，只有她仍握着他的手，拍着他的膝头，当她向沙发靠背靠去时，她感到和他在一起无拘无束，轻松愉快，突然间她脑海中闪现了一个念头，如果当初我嫁给了他，这样的快乐就整天都属于我了！

对于她来说，一切都结束了。床单紧绷，床很窄。她已独上塔顶，任凭别人在阳光下采摘黑莓。门已关闭，在那儿，在掉落的墙皮灰土和杂乱的鸟窝间，景色显得多么遥远，传过来的声音细弱而阴森（她记得，有一次在利思山），她高声呼喊，理查德，理查德！宛如一个熟睡的人在夜里惊醒后，在黑暗中伸出一只手求救。

和布鲁顿夫人一起吃午饭，她重又想起了这件事。他离开了我，我将永远孤独，她想，两手十指交叉，放在膝盖上。

彼得·沃尔什刚才站起身来穿过屋子走到了窗前，背对着她站在那里，左右挥动着一条印花大手绢。他看上去很有主见，冷淡而孤寂，瘦削的肩胛骨微微把上衣支起，使劲擤着鼻子。把我带走，克拉丽莎冲动地想道，仿佛他马上就要开始某个伟大的航行；但片刻之后，就好像一场非常激动感人的五幕话剧已经演完了，她在剧里度过了她的一生，她出走过，和彼得一起生活过，现在一切都结束了。

现在是采取行动的时候了，宛如一个女人拿好她的东西，她的斗篷、手套、剧场用小望远镜，站起身来走出剧院来到街上，克拉丽莎从沙发上站起身来，向彼得走去。

真是太奇怪了，他心想，当她伴着叮咚声和沙沙声走来时，竟然仍有力量，当她穿过房间时，竟然仍有力量，使他讨厌的月亮在这个夏日升起在伯顿的平台上。

“告诉我，”他一把抓住她的肩膀说，“你幸福吗，克拉丽莎？理查德——”

门开了。

“我的伊丽莎白来了。”克拉丽莎说，激动，也许还带点做作。

“你好。”伊丽莎白走上前来，说。

这时，大本钟报半时的钟声以惊人的气势在他们之间敲响，仿佛一个健壮、冷漠、不考虑别人的青年在左右开弓地舞动着哑铃。

“你好，伊丽莎白！”彼得大声道，他迅速向她走过去，一面把手绢塞进口袋里，嘴里说着“再见，克拉丽莎”，看也没有看她就快步离开了房间，跑下楼梯，打开了过厅的门。

“彼得！彼得！”克拉丽莎喊道，她追出来到楼梯平台上。“我今晚的宴会！记住我今晚的宴会！”她不得不提高嗓门来压下室外的喧嚣。当彼得关上大门时，她高喊“记住我今晚的宴会”的声音显得微弱无力，非常遥远，被湮没在车声和所有的时钟的报时声中。

记住我的宴会，记住我的宴会，彼得·沃尔什走上大街，和着大本钟那直接明确的报半时的声流有节奏地自言自语道。（圈圈沉重的声波消逝在空气之中。）啊，这些晚会，他暗自寻思，克拉丽莎的晚会。她干吗要举办这些晚会呢？他想。他倒不是责备她，他也并不责备正在向他走来的这个身穿燕尾服、纽扣眼里插了朵康乃馨花的模拟人般的男子。世界上只有一个人能像他这样在爱着。而这个人就在这儿，这个幸运者就是他自己，此刻他的身影正映现在维多利亚街一家汽车制造商的厚玻璃橱窗上。他的身后展现的是整个印度；平原、高山；霍乱流行；面积有两个爱尔兰之大的一个地区；他独自做出的那些决定——他，彼得·沃尔什；他现在是平生第一次真正恋爱了。克拉丽莎心肠变硬了，他想，而且他怀疑还有点感情用事，一面看着那些了不起的汽车——能够用多少加仑汽油开多少英里？因为他在机械方面有点才能；在他的地区发明过一种犁具，从英国定做过手推车，但是那些干苦力的人不愿意用，克拉丽莎对这一切一无所知。

她说“我的伊丽莎白来了”时的口气——使他很气恼。为什么不仅仅说“伊丽莎白来了”？很虚伪。伊丽莎白也不喜欢她这样说。（那巨大而深沉的钟声的最后余音仍振动着他周围的空气；半点钟；还早；还只不过十一点半。）他了解年轻人，他喜欢他们。在克拉丽莎身上向来有种冷漠的东西，他想道。即便还是个姑娘时她也总有点怯弱，到中年就变成了因袭陈规，然后就完了，一切都完了。他心想，一面抑郁地望着橱窗玻璃的深处，琢磨着不知道在那个时间去拜访她是不是惹得她不高兴了；突然他感到羞愧难当，他像个傻瓜一样，又哭又感情冲动，向她倾诉了一切，照例如此，照例如此，照例如此。

如同一片云彩飘过遮住了太阳，寂静降临伦敦，降临人的心头。努力停止了。时光拍击着桅杆。我们停在那里，我们站在那里。我们僵立着，只有习俗的骨架支撑着人的躯体，里面什么也没有，彼得·沃尔什对自己说，感情被掏空，里面完全是空的。克拉丽莎拒绝了我，他心想。他站在那里想道，克拉丽莎拒绝了我。

宛如一个在时钟敲响时准时走进自己客厅却发现客人均已到场的女主人那样，圣玛格丽特教堂的钟声在说，啊，我没来晚。“没有晚，”她说，“现在是整十一点半。”然而，尽管她一点没错，她的声音，作为一个女主人的声音，却不愿带上自己的个性。抑制它的是往昔的某种悲伤，是对当前的某种关注。“现在是十一点半。”她说，圣玛格丽特的钟声悄悄进入了心灵深处，埋藏在一圈又一圈的声波之中，宛如某个想要倾诉衷肠、使自己消散、怀着欢快的战栗安息的有生命之物——宛如克拉丽莎本人，彼得·沃尔什想，身着白色衣服在时钟敲响时准时走下楼来。这就是克拉丽莎本人，他怀着强烈的激动，十分清晰然而也令他困惑地忆起了她，仿佛这钟声多年前就传入了那个房间，他们在那儿亲密对坐、互敞心扉，如一只饱采花蜜的蜜蜂，满载着那个时刻而离去。但是，是哪个房间？哪个时刻？钟声敲响时他又为什么这样感到深深的幸福？后来当圣玛格丽特的钟声逐渐变得微弱时，他心想，她生病来着，那声音反映了虚弱和痛苦。他记起来了，她有心脏病，突然变得响亮的最后一记钟声是死亡到来的丧钟，在生命的中途突然降临，克拉丽莎倒在客厅里她站立之处。“不！不！”他喊道。“她没有死！我不老！”他喊道，一面大步沿白厅街走去，仿佛他的未来正充满活力永无穷尽地向他滚滚涌来。

他一点不老，也丝毫没有干瘪僵化。至于说别人怎么议论他——达洛维家的人啦，惠特布莱德家的人啦，以及他们那帮人——他根本不在乎，一点也不在乎（虽然确实他迟早不得不看看理查德是否能帮他找份工作）。他迈开大步，张大眼睛瞪着坎布里奇公爵的塑像。他曾被牛津大学开除——不错。他曾是个社会主义者，在某种意义上说是个失败者——不错。然而，他想道，文明的未来掌握在那样的青年人手中；像三十年前的他那样的青年人手中；他们酷爱抽象的原则；从伦敦订购书籍远寄给在喜马拉雅一个山峰的他们；他们读科学；读哲学；未来掌握在那样的年轻人手中，他想道。

从他身后传来了一阵犹如林中树叶发出的嗒嗒的轻击声，夹杂着一种沙沙声和有规律的砰砰声，这声音追上他后敲击着他的思绪，使他身不由己地按其节奏行走在白厅街上。身穿制服的男孩们扛着枪，眼睛直视前方齐步前进，他们手臂直挺，脸上的表情就像刻写在塑像底座周围的铭文——颂扬责任感、感恩与忠诚，以及对英国的热爱。

彼得·沃尔什开始跟上他们的步伐，他心想，这是很好的训练。不过他们看上去并不强壮。这些十六岁的男孩大多数很瘦弱，他们明天就可能会站在放着一碗碗米饭和一块块肥皂的柜台后面。现在他们以丝毫不带声色之乐或日常之忧的、和他们从芬斯伯里街取来的花圈同样庄重的神情，要去把花圈献在那座空墓前。他们已经宣过誓。过往车辆尊重他们，货车禁止通过。

他们沿白厅街前进时，彼得·沃尔什想，我没法跟上他们。果然，他们不停地稳步前进，越过了他，越过了所有的人，仿佛是同一个意志在驱使着胳膊和腿统一行动，而丰富多样有声有色的生活被压在了纪念碑和花圈构成的路面之下，并为纪律所麻木，变成了一具瞪着双眼的僵尸。你不得不尊重它，你可能会笑话它，但你不得不尊重它，彼得想道。他们就在那边，彼得·沃尔什一面想一面在人行道边上停了下来，所有那些崇高的雕像——纳尔逊、戈登、哈夫洛克，那些伟大军人的壮观的黑色身影耸立着瞻望远方，仿佛他们作出了同样的自我克制（彼得·沃尔什感到他也这样做了，那巨大的自我克制），把同样的诱惑踩在了脚下，最终成了大理石像上冷漠的凝视的目光。但是彼得·沃尔什自己一点儿也不想要这种目光，尽管他可以尊重别人眼中的这种目光。他可以尊重男孩眼中的这种目光。他们还不知道世俗的烦恼，行进中的孩子们渐渐消失在滨河大道的方向，这时他心里在想——我已经历过这一切，他想。一面横穿过马路站在了戈登的雕像下，这个他小时候崇拜过的戈登，戈登孤零零地双臂交叉、一条腿抬着站在那儿——可怜的戈登，他想道。

除了克拉丽莎还没有人知道他在伦敦，加上乘船航行后感到陆地对于他仍像是一个岛屿，因此，当他独自一人、充满活力、不为人知地在十一点半的时候站在特拉法尔加广场上时所产生的奇怪的感觉使他难以自持。这是怎么回事？我在什么地方？而一个人究竟为什么要这样做？他想道，离婚似乎完全是空想。他的情绪一落千丈，低如沼泽，三种巨大的感情使他不知所措：理解；广博的善心；最后是难以抑制的极度的愉快，它仿佛是前二者所生的结果。似乎在他的大脑中有别人的手拉动了绳索，移开了窗板，而他自己与这一切无关，站在伸向无数无穷无尽的大街的路口上，如果他愿意就可以沿路漫步。他已经多年没有感到这样年轻了。

他摆脱了！完全自由了——在摧垮了习惯后，人的头脑如未受保护的灯焰被吹得上下左右摇曳，似乎马上就要被从灯托上刮下来。我已经多年没有感到这样年轻了！彼得想，摆脱了作为本来的他（当然只不过能有一个来小时），感到像个跑到了户外去的孩子，一面跑一面看见他的老保姆在一个搞错了的窗口前向他招手。可是她真漂亮极了，他想——他在穿过特拉法尔加广场向干草市方向走去时，迎面走过来一个年轻女子，她在经过戈登的雕像时，彼得·沃尔什觉得（他非常敏感）好像揭下了一层又一层的面纱，终于变成了他心中一直向往的那个女人——年轻，但庄重；快活，但谨慎；黑皮肤，但迷人。

他挺直起身子，悄悄地摸着小折刀，开始尾随她，去追寻他心中的这个女人，这种激动，似乎即使是背对着他，她的光也会照亮他，把他们联结在一起，将他突出，仿佛过往车辆的任意轰响通过虚握的双手轻声呼喊着他的名字，不是彼得，而是他在独自思考时私下给自己的称呼。“你。”她说，她用她的白手套和肩膀仅仅说了一个“你”字。然后在她走过柯克斯波街邓特店时，她的薄薄的长斗篷被风吹得飘了起来，带着包容一切的仁慈与和蔼，一种哀婉的温柔体贴，宛如将会张开来拥抱劳累者的双臂——

但她还没有结婚，她年轻，很年轻，彼得心想。他看见她在穿过特拉法尔加广场时戴着的那朵红色康乃馨花再一次在他眼中燃烧，使她的嘴唇变得通红。但是，她在人行道的边沿上等着。她身上有着一种尊严。她不像克拉丽莎那样世故，她也不像克拉丽莎那样富有。当她又走起来时他心中寻思，她是不是个正派女人呢？机智，巧舌如簧，他在想（因为人总得想象虚构，总得允许自己有点消遣），一种冷静的、呼之即出的机智，突如其来的机智，却并不张扬炫耀。

她开始行走，横穿大街，他跟着她。他丝毫不想使她感到尴尬。然而如果她停下脚步，他会说：“来吃个冰淇淋吧。”她会简简单单地回答道：“好的。”

但是街上别的人隔开了他们，挡住了他，遮住了她。他紧追上去，她起了变化。她双颊发红，眼中流露出嘲笑的神情。他是个冒险家，他想，鲁莽、敏捷、大胆，甚至（像他这样昨夜刚从印度抵达此地）是个浪漫的海盗，不顾那一切该死的礼节要求，以及橱窗里的黄色晨衣、烟斗、鱼竿，也不在意体面与否、晚间宴会和在背心下面穿白色内衣的打扮得整整齐齐的老头子。他是个海盗。她不断往前走了又走，穿过皮卡迪里广场，走上摄政街，走在他的前面，她的斗篷，她的手套，她的肩膀，结合橱窗中的流苏、花边和羽毛披肩，构成了华丽和奇异的精神，它逐渐减弱着，从商店中散出到人行道上，宛如夜间的灯光，摇曳着照射在黑暗中的树篱上。

她可爱地笑着，穿过了牛津街和大波特兰街，拐进了一条小街，就在现在，就在现在，那伟大的时刻就要到来了，因为现在她放慢了脚步，打开提包，朝他的方向看了一眼，但是并没有看他，这是告别的一眼，这一眼总结了整个形势并且得意地将其抛在脑后，永远抛在脑后。她已经把钥匙插进了锁孔，打开门，消失了！克拉丽莎说记住我的宴会，记住我的宴会的声音在他耳际响起。这所房子是那种垂挂着花篮的单调的红房子之一，透着几分不正派。此事就此结束。

好吧，我挺开心的，我开心了，他想着，一面抬头看看那些摆动着的、放有淡色天竺葵的花篮。然而他的开心的感觉——被一下击得粉碎，因为他清楚地知道，那是编造出来的。这番和姑娘的调情纯属虚构，是编造的。正如人们编造生活中较好的部分，他想——编造一个自己，编造一个她，创造一种极度的乐趣以及更多的什么东西。但这很奇怪，而又确实如此；你永远不能与人分享这一切——它被击得粉碎。

他转过身，沿街走去，想找个什么地方坐下来，直到该去林肯法律协会——胡珀和格雷特利律师事务所——的时候。他该到哪儿去呢？没关系。那就沿这条街往摄政公园去吧。他的靴子在人行道上敲击出的声音在说着“没关系”；因为时间还早，还早得很。

再说这是个天气美好的上午。街道上处处充满生机，犹如一个健康心脏的搏动。没有摸索——没有犹豫。一辆汽车飞快驶来，猛地拐了个弯，就在那恰当的一刻准确地悄然无声地在一个门前停了下来。一个穿着长筒丝袜、帽子上装有羽饰、体态轻盈，但对他来说并不特别具有吸引力的姑娘（因为他已经经历过一时的放纵）走下车来。通过打开的大门彼得看见了令人赞叹的男管家，黄褐色的中国种小狗，有黑白菱形图案地板和拂动着的白色窗帏的大厅，对这一切彼得都十分称许。毕竟，以其自身的特点而言，伦敦是个辉煌的成就——它的社交季节，它的文明。像他，出生于一个有社会地位的侨居印度的英国人家庭，至少有三代人管理过一个大陆的事务（真奇怪，他想道，像他这样厌恶印度、厌恶帝国和军队的人，对此竟有这样的思想感情），有时候文明即便是这类文明，似乎如个人所有物那样令他感到可贵；有时为英国感到骄傲；为男管家、中国种小狗、生活有保障的姑娘感到骄傲。够荒唐可笑的，但事实就是如此，他想。医生和商界人士和能干的妇女们都在忙着自己的事务，他们遵守时间、机警活跃、身强体壮，他似乎感到他们完全值得钦佩，都是好人，能以生命相托，是生存技术方面的伴侣，能与之患难与共。眼前出现的不是这就是那，场面倒还真是可以，他要在树荫下面坐下来，抽上一支烟。

摄政公园就在眼前了。是的，他小的时候在摄政公园溜达过——真怪，他想，总是不断想到童年时的情景——也许是见到了克拉丽莎的结果，因为女人比我们更多地生活在过去之中，他想道。她们对地方有依恋之情，对父亲有依恋之情——女人总是为自己的父亲感到骄傲。伯顿是个好地方，非常好的地方，但是我永远也无法和那老人相处，他想。有天晚上我们争吵得好厉害——争论一件什么事，具体的他已经记不得了。想来是有关政治的吧。

是的，他记得摄政公园；长长的笔直的小径；左手边那座人们去买气球的小房子；什么地方还有座刻有铭文的可笑的雕像。他在找一个空着的长椅，他不愿有人要问时间而打搅他（他感到有点犯困）。一位上年纪的头发灰白的保姆，婴儿睡着在旁边的童车里——这是他能找到的最好的地方了，就挨着那个保姆在长椅的另一头坐下来吧。

他突然回忆起伊丽莎白走进房间站在她母亲身旁时的样子。

他心想，她是个模样古怪的女孩。个子长得很大，差不多成人了，不能算漂亮，只能说是端庄，她最多也就十八岁。她可能和克拉丽莎相处得不好。“我的伊丽莎白来了”——就是这类事情给人这种印象——为什么不简简单单地说“这是伊丽莎白”？——像大多数母亲那样，企图证明情况不是那样。他心想，她太相信自己的魅力了。她做过头了。

醇厚的雪茄烟雾徐徐顺咽喉而下，又被他一圈圈喷出，烟圈一时间勇敢地迎着空气而上，蓝蓝的，圆圆的。今晚我要设法单独和伊丽莎白谈一谈，他心想——然后开始摇晃着变成沙漏形，逐渐消失。它们的形状真古怪，他想道。突然他闭上了眼睛，费劲地抬起手，把粗粗的雪茄烟头扔掉。一把巨大的刷子平稳地扫过他的心头，扫去摇曳的树枝、孩子们的声音、杂乱的脚步声、过往的行人、嗡嗡的此起彼伏的车声。他不断往下、往下，沉入了羽毛般柔和的睡梦之中，沉了下去，被裹入了睡乡。

彼得·沃尔什在她身旁热烘烘的座位上开始打起鼾来时，头发灰白的保姆继续织毛衣。她身穿灰色衣服，两只手不知疲倦地、然而悄无声息地动着，看上去像是个睡觉人权利的捍卫者，一个在傍晚时分从天空和枝丫交织的林中升起的幽灵。孤独的旅人——出没于小径之间，弄乱了蕨草，压倒了大毒芹——抬头望去，蓦然间看到小路尽头那巨大的身影。

也许由于确信自己是个无神论者，因此瞬间的狂喜总是使他吃惊非常。他想，在我们身体之外存在着的只是一种心态，一种愿望，想求得安慰，求得解脱，求得某种这些可怜的小人物，这些软弱、丑陋、怯懦的男男女女身上没有的东西。但是如果他能想象出她来，那么她就以某种形式存在着，他想道。他沿小径前行，仰望着天空和树枝，迅速地赋予它们以女性的特点。他惊异地看到她们变得多么的庄重，当微风吹动她们的时候，随着树叶隐隐地颤动，她们播撒出博爱、理解和宽恕，而后，她们突然往上高高一扬，将她们虔诚的一面与狂欢作乐混淆在了一起。

这就是幻象，它会给孤独的旅人提供装满水果的羊角形大口袋；或在他耳际喃喃低语，宛如海妖们在绿色的海浪上雀跃；或如束束玫瑰撞在他的脸上；或浮出水面，如渔民们在洪水中挣扎着要去攫住的苍白的面孔。

这就是幻象，它不停地浮出，在真实事物旁踱来踱去，把它们的面孔放在真实事物的面前。它们常常压倒孤独的旅人，夺走他对大地的意识和回归的愿望，给他一种笼统的宁静，似乎（当他沿林中小路前行时心里在这样想）这一切生之狂热是再简单不过的事，无数事物融为一体。而这个由天空和枝丫形成的身影已从波涛翻滚的大海中升起（他岁数大了，已经年过五十），仿佛从波涛中可以吸出一个形体，从她那美轮美奂的双手中洒下同情、理解和宽恕。于是，他想道，愿我再也不要回到灯光之下；不要回到客厅之中；再也不要读完我那本书；不要磕掉烟斗里的烟灰；再也不要按铃叫特纳太太来收拾清理，而让我继续笔直朝这个伟大的身影走去，她会一仰头将我放在她下垂的飘带之上，让我和其他一切一起灰飞烟灭。

这就是幻象。孤独的旅人很快走出了树林。那儿，一个上了年纪、眼神忧郁的女人来到了门口，她举着两只手，风撩动着她的白围裙，也许在期待着他的归来，她似乎（这个虚弱的人是如此有力量）要在沙漠中寻找一个失去的儿子；要去寻觅一个被摧毁了的骑士；要成为在战争中失去了儿子的世界上母亲的形象。因此，当孤独的旅人沿着女人们站在那里编织、男人们在园中挖地的村街前行时，那个黄昏似有不祥之兆，人影静止不动，仿佛某种他们所知的、毫不畏惧地等待着的威严的命运即将把他们一举彻底消灭。

在室内，在食柜、桌子、放着天竺葵的窗台等普通物品之间，正弯身拿掉桌布的女房东的轮廓在灯光下突然变得柔和起来，一个极其可爱的化身，只是忆起了冷漠的人际关系才阻止我们去拥抱它。她拿起橘子酱，放进了食柜里。

“今晚没有别的事了吧，先生？”

但是，孤独的旅人去向谁做出回答呢？

就这样，那上年纪的保姆在摄政公园守着熟睡的婴儿织毛衣。就这样，彼得·沃尔什鼾睡着。

他极为突然地醒了过来，自言自语道：“灵魂死了。”

“上帝啊，上帝！”他大声对自己说，一面伸着懒腰，睁开了眼睛。“灵魂死了。”这几个字和他刚才梦见的某个场面、某个房间、某件往事紧密相关。他梦见的场面、房间、往事变得更清晰了。

那是九十年代初，在伯顿的那个夏天，他正热烈地爱着克拉丽莎。房间里有许多人，吃过午茶后大家围坐在桌旁又说又笑，房间沐浴在金黄的光线中，弥漫着香烟的烟雾。他们在谈论着附近的一位娶了自己的女佣做妻子的乡绅，他已经记不得那人的名字了。他娶了自己的女佣，把她带到伯顿来拜访——真是可怕极了。她打扮得过了头，十分可笑，“像只白鹦鹉”，克拉丽莎学着她的样子说，而且那女人不住嘴地说个没完。她不停地说呀说，没完没了。克拉丽莎学着她的样子。后来有人说——莎利·西顿说——如果知道他们结婚以前她有过一个孩子，会真正影响感情吗？（在那个时候，在男女都在场的情况下，说这种话是很冒失的。）他现在还能看到克拉丽莎当时的样子，脸涨得通红；人好像缩了起来；说：“啊，我可再也不能和她说话了！”这时，围坐在茶桌旁的所有的人仿佛都不知所措起来，真是尴尬透顶。

他并未因她在乎这种事而责备她，因为那时候，受到她那样的教育长大的女孩子什么都不懂；是她的态度令他不快：胆怯、冷酷、傲慢、古板、过分拘谨。“灵魂死了。”他本能地说了出来，像通常那样，他把这个时刻标定了下来——她的灵魂死了。

所有的人都不知所措，当她说话时所有的人似乎都在点头哈腰，然后站起身来时又变了样子。他仍能看到莎利·西顿的样子，她像个调皮捣蛋的小孩，身子向前倾着，满脸通红，想说又不敢，而克拉丽莎确实能把人吓住。（她是克拉丽莎最要好的朋友，经常在她家出入，和克拉丽莎完全不一样，是个引人注目的姑娘，漂亮，肤色较深，当时以行为大胆而闻名，彼得常常给她雪茄烟，她在自己的卧室里吸。她要不就是和什么人订了婚，要不就是和家里吵翻了。而老帕里对她和克拉丽莎都不喜欢，这把她们有力地结合在了一起。）后来克拉丽莎仍带着一副所有的人都冒犯了她的神气站起身来，找了个借口，独自走了出去。当她打开门的时候，那只爱追赶羊群的大长毛狗跑了进来。她扑向那狗，欣喜若狂。仿佛她在向彼得说——他知道这些都是冲着他来的——“我知道刚才关于那女人的事你认为我很荒唐；可是你看我是多么富有同情心；看我是多么爱我的狗罗布啊！”

他们之间一向就有这种不用语言就能沟通的奇特的能力。她马上就能知道他在批评她。于是她会做件显然是为自己辩护的事，比如像这样在狗的身上故作张扬之举——可是永远骗不了他，他总能看穿克拉丽莎。当然他嘴上什么也不说，只是神色阴郁地坐在那儿。他们之间的争吵常常就是以这样的方式开始。

她关上了门。他心情顿时变得非常抑郁。一切都似乎没有用——继续恋爱；继续争吵；继续和好。他独自在宅子外面的小屋和马厩间漫步，看看马匹。（那地方并不气派，帕里家从来也没富裕过，但是他们一直都雇有马夫和小马倌干活——克拉丽莎爱骑马——还有个老马车夫——他叫什么名字来着？——一个老保姆，他们管她叫穆迪还是古迪之类的名字，人们给带到一个小房间里去看她，房间里有许多照片，许多鸟笼。）

那天晚上过得糟透了！他情绪越来越低，不光是为了那件事，什么都在内。而他无法见到她；无法向她解释；无法跟她讲个明白。周围总是有人——她表现得好像什么事也没有发生的样子。那正是她可恶的地方——这种冷漠、这种麻木，这是她性格深处的东西，今天上午他和她谈话时又感觉到了，无法穿透。但是上帝知道他爱她。她有某种能拨动你的神经的奇特的力量，是的，把你的神经变成了琴上的弦。

出于某种愚蠢的、想让别人注意到他的念头，他很晚才去吃晚饭，他在应是晚餐主持人的老帕里小姐——海伦娜姑妈——帕里先生的姐姐——的身旁坐了下来。她披着她那条白色开司米披肩，头靠着窗子——一个令人生畏的老太太，但是对他很和善，因为他曾给她找来一种稀有的花卉，而她是一个热心的植物学家，常常穿上厚厚的靴子，肩上挎着黑色标本箱外出跋涉。他在她身旁坐下，一句话也说不出来。一切似乎都从他面前迅速掠过，他就那么坐在那儿吃着。后来晚饭吃了一半的时候，他才第一次强使自己看了一眼对面的克拉丽莎。她正在和右边的一个年轻人说话。彼得突然获得一种启示。“她会和那个男人结婚。”他对自己说。当时他连他的姓名都不知道。

不用说达洛维是在那天下午，就是那个下午来到的；克拉丽莎叫他“威克姆”，一切便由此开始。什么人把他带了来，克拉丽莎弄错了他的名字。她以威克姆这个名字把他介绍给大家。最后他说：“我的名字是达洛维！”——那便是他对理查德的第一个印象——一个皮肤白皙头发金黄的年轻人，局促不安地坐在一张折叠式躺椅上，脱口说出：“我的名字是达洛维！”莎利抓住此点，后来总是称他为“我的名字是达洛维！”。

彼得当时非常容易受到各种启示的影响。这一个克拉丽莎会和达洛维结婚的启示在当时真使他觉得天旋地转，不知所措。在她对待达洛维的态度中有一种——他该怎么形容呢？——一种自在轻松；一种母性；一种柔情。他们在谈论政治，整个晚餐期间他都试图听听他们在说些什么。

他仍记得，后来在客厅里他站在老帕里小姐的椅子旁，克拉丽莎像个真正的女主人，优雅有礼地走上前来，要把他介绍给某个人——说话的口气就好像他们从来没有见过面似的，这使他心头火起。然而即使在当时他仍因此而钦佩她。他钦佩她的勇气，她的社交本能，他钦佩她把事情办到底的能力。“完美的女主人。”他对她说，她听后浑身一缩。但他正是要她有此感觉。看到她和达洛维在一起以后，为了伤害她他什么都做得出来。于是她走开了。他有种感觉，所有的人都聚集在一起——又说又笑——背地里共谋反对他。而他在那儿站在帕里小姐的椅子旁，谈着野花，好像是个木雕。他还从来没有、从来没有这样极度痛苦过！他一定是连要假装听帕里小姐说话都忘了，最后他终于惊醒。他看见帕里小姐显得很激动，很气愤，突出的眼睛瞪着不动。他差一点喊出来，他无法专心因为他忍受着地狱之苦！人们开始走出那间屋子。他听见他们说去拿斗篷，说水面上很冷，等等。他们要在月色中到湖上泛舟——莎利的疯念头之一。他能听见莎利在形容月亮。于是他们全出去了。只孤零零地剩下了他。

“难道你不想和他们一起去吗？”海伦娜姑妈说——老帕里小姐！——她猜到了。他回过身去，克拉丽莎又站在了那儿。她是回来找他的。她的宽宏——她的好心使他深为感动。

“来吧，”她说，“他们在等着呢。”

他一生还从来没有感到这么幸福过！一个字也没说他们就和好了。他们走到了湖边。他过了极其幸福的二十分钟。她的音容笑貌，她穿的衣服（飘动着，白色和深红色），她的活泼，她的大胆冒险；她让大家全都离船上岸，去小岛探究一番；她惊起了一只母鸡；她大笑；她高唱。而在整个这段时间里，他清楚地知道达洛维正在爱上她，她正在爱上达洛维，但是这似乎没有什么关系。什么都没有关系。他们——他和克拉丽莎——坐在地上交谈。他们毫不费力地出入彼此的内心世界。但是刹那间这种状态就结束了。他们上船时他呆板地、不带任何怨恨地对自己说：“她会和那个男人结婚的。”事情是再明显不过的，达洛维会娶克拉丽莎。

达洛维把他们划回岸边。他一语未发。但是当他们看着他跳上自行车，沿着院内车道晃晃悠悠地骑去，挥了挥手渐渐消失，开始他那穿越树林的二十英里的路程时，不知怎的，他显然本能地、极大地、强烈地感受到了这一切。那个夜晚；那浪漫的爱情；克拉丽莎。他应该得到她。

至于他自己，他很荒唐。他对克拉丽莎的要求（他现在明白了）是荒唐的。他要求不可能的事。他大吵大闹。如果他不那么荒唐，也许她仍会接受他。莎利是这么想的。那整个夏天她给他写很长的信，她们怎样谈论他，她怎样夸奖他，克拉丽莎怎样放声大哭！那真是个不同一般的夏天——全部是书信、争吵、电报——他清早就来到伯顿，在附近闲荡到仆人们起床，早餐时和老帕里先生可怕地单独相对，海伦娜姑妈可畏但好心，莎利将他席卷到菜园去谈话；克拉丽莎头痛，卧床不起。

最后那次争吵，那次他认为是他整个一生中关系最为重大的争吵（可能是夸大了——但是今天看来似乎仍然如此），发生在下午三点钟，那天非常热。起因是件微不足道的小事——午饭的时候莎利说到了达洛维，称他“我的名字是达洛维”；克拉丽莎听了身子骤然一挺，脸涨得通红，以她特有的方式厉声说道：“这种没劲的笑话我们已经听够了。”就说了这么一句；但对于他来说，那就简直好像她说的是：“我只不过是跟你玩玩而已；我和理查德·达洛维之间存在着默契呢。”他就是这样理解的。他一连多少个晚上都无法入眠。“这事总得解决。”他对自己说。他让莎利给她带了封短信，约她三点钟在喷水池旁见面。他在信的末尾草草写道：“出了一件重要的事情。”

喷水池在一小片灌木丛中央，离宅子很远，四周长满了树和灌木。她到那儿去了，时间甚至还提前了一点，他们站在那里，中间隔着喷水池，喷嘴（已经坏了）不断往外滴水。景物是怎样牢牢地固定在人的脑海里啊！比如说，那鲜绿色的青苔。

她一动也不动。他反反复复地说：“告诉我实情，告诉我实情。”他觉得自己的脑门好像要炸开了。她仿佛缩在一起，僵呆着。她一动也不动。“告诉我实情。”他重复道，这时那个布里特科普夫老头突然拿着《泰晤士报》把头伸了进来；盯了他们一眼；目瞪口呆；然后走开了。他们俩谁也没有动。“告诉我实情。”他重复道。他感到自己在和某种质地坚硬的东西相磨，她毫不退让。她像铁，像燧石，僵直着后背。当她说“没有用了，没有用了，咱们之间结束了”的时候——在他眼泪顺着面颊往下流，好像说了几个小时的话之后——她的话就像是打在他脸上的一记耳光。她转过身子，离开了他，走了。

“克拉丽莎！”他喊道，“克拉丽莎！”但她再也没有回来。结束了。当晚他就离开了那地方，他再也没有和她见面。

“真可怕！”他大声喊道，“可怕，可怕！”

然而，太阳依然灼热。人依然能从打击中恢复过来。生活依然按自己的方式过了一天又一天。从他童年至今，摄政公园依然——他打了个哈欠，开始注意到周围，心里想道——了无变化，除了松鼠之外——然而想来总会有补偿吧——这时，一直在捡鹅卵石准备添加到她和哥哥收集在育儿室壁炉台上的卵石堆上去的小埃丽斯·米切尔突然将一把石子放在了保姆的膝头，然后飞跑开，又一头撞在一位女士的腿上。彼得·沃尔什大笑起来。

但是卢克雷齐娅·沃伦·史密斯此时正在自言自语道："太不像话了，为什么我就该受苦呢？"她一面沿着一条宽阔的小路走去，一面自问。"不，我再也无法忍受了。"她说道，她已从塞普蒂莫斯身边走开。"他已不再是塞普蒂莫斯了，说出那样无情、残酷、恶毒的话"，现在坐在那边的椅子上自言自语，和一个死人说话。这时，小女孩和她撞了个满怀，摔在地上，大哭起来。

这倒使她感到安慰。她扶起孩子，掸了掸她的罩衣，亲了亲她。

但是就她自己而言，她没有做错什么事。她爱过塞普蒂莫斯，她感到过幸福，她有过一个漂亮的家，她的姐妹们至今仍住在那里，制作帽子。为什么她就该受苦呢？

那个孩子径直跑回保姆身边，雷齐娅看保姆呵斥她、安慰她、放下手里织着的毛衣抱起了她，而那个样子和善的男人把表给她让她打开，哄着她玩——可是为什么她就该无人保护呢？为什么不留在米兰？为什么要受折磨？为什么？

眼泪使宽阔的小路，保姆，穿灰衣的男子，儿童车在她的眼前微微起伏晃动。她命里注定要被这个恶毒的虐待者所摆布。可这是为什么？她像一只躲避在树叶浅浅的凹处的小鸟，树叶移动会使它感到愕然，一根枯枝断裂会使它吃惊。她无遮无靠，她被一个冷漠的世界中的巨树和大片云层所包围，得不到保护，受尽折磨，为什么她该受苦？为什么？

她皱紧眉头，她跺着脚。她必须回到塞普蒂莫斯身边去，因为快到去威廉·布拉德肖爵士家的时候了。她必须走回去告诉他，回到坐在树下绿椅子上自言自语，或和那死去的埃文思说话的他那里。她只在一家商店里匆匆见过埃文思一次。他看上去像是个温和而令人愉快的人，是塞普蒂莫斯的好朋友，在大战中牺牲了。

但是每个人都遇到过这种事。每个人都有朋友在大战中牺牲。每个人结婚的时候都得放弃点什么。她放弃了自己的家，住到了这个糟糕透顶的城市里来。但是塞普蒂莫斯却听任自己想些可怕的事情，她要是去试试也会这样。他变得越来越古怪了。他说有人在卧室墙后面说话。菲尔默太太觉得这太怪了。他还有幻觉——他看见在一棵蕨树的中间有一个老太婆的脑袋。然而只要他愿意，他也能很快活。他们坐在公共汽车的顶层到汉普顿宫去玩，那次他们就非常快活。草地上开满了小红花和小黄花，他说像漂浮的灯儿，他说说笑笑，编造故事。突然，他说："现在我们要自杀。"那时他们正站在河边，他眼望着河水，那神情她曾经在他的眼中看到过，每当一列火车或公共汽车经过时他的眼中就会出现这种神情，她觉得他正在离她而去，便一把抓住了他的胳膊。但是在回家的路上他非常安静——非常理智。他会和她争论自杀的事，解释说人是多么邪恶，当他们在马路上走过时他是怎样能够看出他们在编造谎言。他了解他们的一切思想，他说，他什么都知道。他了解世界的意义，他说。

可是他们回到家里以后他几乎走不了路了。他躺在沙发上，让她握着他的手，好阻止他往下坠落，坠落，落入火海！他大声喊道。他看见墙上有许多脸在嘲笑他，用可怕的、令人恶心的话骂他，许多手在纱窗周围对着他指指点点。而实际上根本没有别人在场。可是他开始大声说话，回答别人，争论，又哭又笑，搞得非常激动，要她把一切写下来。全是些胡说八道，关于死亡，关于伊莎贝尔·波尔小姐。她再也无法忍受了，她要回自己家去。

现在她离他很近了，能看见他两手紧握，望着天空喃喃自语。可霍姆斯医生却说他没病。那么究竟发生了什么事？——他为什么走开？为什么当她在他身旁坐下时他惊得一跳，对她皱着眉，挪开身子，指指她的手，拿起来恐惧地看着呢？

是因为她摘掉了结婚戒指吗？“我的手瘦成这样了。”她说道。“我把戒指放在手提包里了。”她告诉他道。

他放开了她的手。他们的婚姻完了，他痛苦而又轻松地想道。绳索已经割断；他跨上马；他自由了，天意决定他，塞普蒂莫斯，人类之君主，应该得到自由；孤身一人（既然他的妻子已扔掉了她的结婚戒指，既然她已离开了他），他，塞普蒂莫斯孤身一人，先于大众被召唤去聆听真理，去领悟真谛，现在终于在文明的一切艰辛努力之后——希腊人、罗马人、莎士比亚、达尔文，现在是他自己——即将完整地给予……“给予谁？”他大声问道。“给予首相。”他头上方的沙沙低语声答道。这绝顶的秘密必须向内阁报告。首先，树木都活着；其次，没有犯罪；再有，爱，普遍的爱，他喘着气、颤抖着喃喃道，痛苦地说出了这些深刻的真理，它们是如此深奥、如此晦涩，需要巨大的努力方能说出，但是它们永远彻底地改变了这个世界。

“没有犯罪，爱。”他重复道，一面摸索着找他的铅笔和卡片，这时一只长毛短腿的狗在嗅他的裤子，他吓了一跳，又惊又怕。它正在变成一个人！他不能看着这种事发生！看着狗变成人是太恐怖、太可怕了！那狗立刻就跑开了。

老天慈悲为怀，无限宽厚。它赦免了他，宽恕了他的弱点。但是科学的解释是什么呢（因为人必须首先讲究科学）？他为什么能透视肉体，看到未来，看到狗会变成人？想来是热浪在作用于一个经千百万年进化而变得敏感的大脑吧？从科学的角度来说，肉体从世界上消失。他的身体被浸解，最后只剩下了神经纤维，像一块面纱铺展在岩石上。

他身子向后靠在椅子里，精疲力竭但受到鼓舞。他倚在那里休息，等待着再一次费力地、痛苦地向人类进行解释。他高高地躺在世界之脊，大地在他身下颤动。鲜红的花朵穿过他的肉体开放，挺立的叶子在他头旁沙沙作响。音乐开始撞击高耸于此的岩石发出铿锵之声。“是下面街上的汽车喇叭声。”他咕哝道。但在此高处，这声音在岩石间轰鸣，分开又聚集成声的震波，形成平滑的圆柱向上升起（音乐竟能有形可见，真是个新发现），变成了一首圣歌，此时这首圣歌和牧羊童的笛声交织在一起（“其实是一个老头在酒店门外吹六孔小锡笛。”他咕哝道。），当牧童静立不动时，音乐声从他的笛子里涌流而出，后来当他攀得更高时，笛声如怨如诉，优美动听，而车流就在下面驶过。这个牧童在车流的声响中吹奏他的哀歌，塞普蒂莫斯想道。现在他退隐到高高的雪原中，玫瑰高挂在他周围——他提醒自己，那是我卧室墙上长着的密密的红玫瑰。乐声停止了，他得出结论，老头得到了他的便士，到下一个酒店去了。

但是他自己仍待在高耸的岩石上，就像个淹死的水手躺在石头上。我把身子探到船外，掉进了海里，他想道。我沉入海底，我曾死去，而现在却活着，“但是让我再休息休息吧”；他乞求道（他又在自言自语了——“可怕，真可怕！”）；仿佛一个熟睡的人在醒来前，啾啾鸟语和辚辚车声所形成的奇异的和谐之音越变越响，使他感到自己被吸引到生命之岸，塞普蒂莫斯正是这样感到自己被引向生活，太阳变得更热，喊叫声听来更响，即将发生什么重大的事情了？

他只需睁开眼睛，但是眼皮上有着重压，是恐惧。他使劲；他挣扎；他睁开眼看；他看见眼前是摄政公园。长长的飘带般的阳光在他脚旁嬉戏。树木摇曳舞动。世界似乎在说："我们欢迎；我们接受；我们创造。""美。"世界似乎在说。仿佛是为了证明这一点（科学地），无论他是看房屋、看栏杆，还是看把头探出栅栏的羚羊，美会立即出现。观察树叶在风中颤动是一种极度的乐趣。高空中燕子猛扑、急转、飞速出没、一圈又一圈，却始终控制得当，像被松紧带制约着；苍蝇飞起落下；阳光戏耍着，时而把光点射向这片树叶，时而又射向那片树叶，以愉快的心情用柔和的金光把叶片照得闪闪放光；不时某种钟声（可能是汽车的喇叭声）在草梗间美妙地叮咚响起——这一切虽然平静且不张扬，虽然是由普通事物构成，却是目前的真理；美，这就是目前的真理。美无处不在。

"到时间了。"雷齐娅说道。

"时间"一词撕裂了荚壳；它将自己的珍宝倾泻在他的身上；确凿的、公正的、不朽的词语从他的唇边自动地滚出，像炮弹、像刨床上流泻的刨花，飞到时光颂中占有了一席之地；一曲不朽的时光颂。他唱起歌来，埃文思从树后应唱。埃文思唱道："死者在色萨利[1]，在幽兰丛中。"他们在那儿直等到大战结束，而现在死者、现在埃文思自己——

"看在老天的分儿上别过来！"塞普蒂莫斯大叫道。因为他无

1　色萨利：希腊北部一地区。

法面对死者。

但是树枝分开了，一个身穿灰衣服的男人真的在向他们走来。那是埃文思！但是他身上没有沾着泥；没有伤口；他没有变。“我必须告诉整个世界。”塞普蒂莫斯喊道，同时举起了手（当穿灰衣的死者走得更近时），像个双手紧抱额头、脸上刻着绝望的深沟、千百年来独自在沙漠中悲叹人类命运的巨人，现在看到沙漠尽头出现了光明，那光扩展开来，照在那铁黑的身影上（塞普蒂莫斯从椅子上欠起身子），他，那背后倒着千百万人的哀悼的巨人，他的脸上一瞬间表现出他接受了全部的——

“可是我很不快活，塞普蒂莫斯。”雷齐娅说，她试图让他坐下来。

千百万人在悲叹；千百万年以来他们在悲伤着。他会转过身去，一会儿以后他就会告诉他们，只要再过一会儿，他就会告诉他们这种宽慰的感觉，这种欢乐，这种惊人的启示——

“时间，塞普蒂莫斯，”雷齐娅重复道，“几点钟了？”

他在说着话，他吃了一惊，这个人一定注意到他了。他在看着他们。

“我会告诉你几点钟的。”塞普蒂莫斯非常缓慢地、昏昏沉沉地说，脸上带着神秘的微笑。当他坐在那儿向着身穿灰衣的死者微笑时，一刻钟的报时声响了——差一刻十二点。

年轻人就是这样的，彼得·沃尔什走过他们时心里在想。半上午就这样争吵着——那可怜的姑娘看来是绝望已极。可为什么争吵呢？他心里琢磨着，那个穿大衣的年轻人对她说了些什么，使她脸上出现这样的神情？他们把自己搞进了什么样可怕的困境，以至于在这么个美好的夏天的上午，这两人看去竟然是如此绝望无告？在离开五年后回到英国，有趣的是一切都变得好像从未见过般十分突出醒目，至少在头几天是这样；恋人在树下口角；公园里到处是家庭生活的景象。他从未看到伦敦如此迷人过——柔美的远景，多姿多彩，青翠欲滴；社会的文明，特别是经历了印度的生活之后，他漫步穿过草地，心里在想。

毫无疑问，这样易受印象支配一直是他的致命缺点。在他这个年纪还像少男少女般情绪无常，毫无道理地时好时坏，一个漂亮面孔会使他快乐，看到一个邋遢女人又会使他痛苦不堪。当然啦，在印度生活过以后，一个人会爱上遇见的每一个女人。她们身上充满清新之气；就连最穷的女人无疑也比五年前穿得好了；在他看来，流行的服装式样从来没有像现在这样般配好看过；长款的黑斗篷；纤细的身材；优雅的风度；加上显然是普遍存在的、令人赏心悦目的化妆的习惯。每一个女人，即使是最有身份的女人，也是面颊如温室中盛开的玫瑰；唇如雕刻而成；鬓发黑如墨汁；处处都存在着精心的设计和艺术的加工；可以肯定的是，发生了某种变化。“年轻人在想些什么？”彼得·沃尔什问自己。

那五年——一九一八年到一九二三年——出于某种原因是非常重要的五年。他猜想，人们看上去不同了，报纸也似乎不同了。比方说，现在有个人在一家正派的周刊上公然谈论起抽水马桶来。十年前是不可能这样做的——像这样在一家正派的周刊上公然谈论抽水马桶，还有这种在大庭广众之下拿出口红或粉扑来化妆。在回英国的船上有许多青年男女——他特别记得贝蒂和伯蒂——公开地调情；老母亲泰然自若地坐在一旁织着毛衣看着他们。那个女孩一动不动地站着，当着众人的面往脸上搽粉。而他们甚至没有订婚；只是在一起开开心而已，双方谁的感情也不伤。她根本不顾他人——那个叫贝蒂什么的——但她是个很好的人。她到三十岁以上会成为一个好妻子的——在她觉得中意的时候她会结婚的，嫁个阔佬，住在曼彻斯特附近的一所大宅子里。

让我想想看是谁这样做的来着？彼得·沃尔什琢磨着，一面拐上了大路——嫁了个阔佬，住在曼彻斯特附近的一所大宅子里？一个最近给他写了一封长长的、洋溢着过分的热情、大谈其“蓝色的绣球花”的信的人。是看见了蓝色的绣球花才使她想起了他和过去的岁月——自然是莎利·西顿啦！是莎利·西顿——怎么也不会想到她会嫁一个阔佬，住在曼彻斯特附近的一所大宅子里，那个任性的、冒失的、浪漫的莎利！

但是在所有那些老熟人中，在克拉丽莎的朋友中——惠特布莱德一家、金德利一家、坎宁安一家、金洛克·琼斯一家——莎利大概是最好的了。至少她力图公平地对待事物，至少在克拉丽莎和其余的人都拜倒在休·惠特布莱德脚下时，莎利就已经看透了他——那位可敬佩的休。

“惠特布莱德家的人吗？”他仍能听见她在说，“他们是什么人？煤炭商人，可敬的买卖人。”

由于某种原因她讨厌休。她说他想的就是自己的外表。他该是个公爵。那他肯定会娶皇室的某个公主。不用说在彼得所遇到的人中，休对英国贵族怀有着最不同寻常、最自然、最崇高的敬意。就连克拉丽莎也不得不承认这一点。啊，不过他是多么可爱呀，那么无私，为了让他的老母亲高兴而放弃了打猎——记得姑姑们的生日，如此等等。

说句公道话，莎利看透了这一切。他记得最清楚的事情之一是一个星期日上午在伯顿的一场关于妇女权利的争论（那个古老的题目），莎利突然大发脾气，怒气冲冲地说休代表了英国中产阶级生活中最可憎的一切。她对他说，她认为他对“皮卡迪里大街上那些可怜的女子”的状况负有责任——休，这位十足的君子，可怜的休！——听到此话没有哪个男人比他显得更震惊的了！后来她说她这样做是故意的（因为他们常常在菜园里见面，交换看法）。“他什么书也不读，什么问题也不想，什么感觉也没有。”他现在仍能听到她用十分强调的口气说这些话，她的声音传得比她意识到的要远得多。她说，小马倌都比休更有活力。她说，他是英国公学造就出来的十足的典型。没有别的国家，只有英国才会造就出他来。她不知出于什么原因，对他确实有股怨气，怀恨在心。在吸烟室里发生过什么事——他记不清是什么事了。他侮辱了她——是不是吻了她？真是难以置信！自然，没有人相信关于休的任何坏话。谁会相信？在吸烟室里吻了莎利！如果是某个尊贵的伊迪斯小姐或维奥利特夫人，倒有可能。但不会是那个名下一分钱也没有，却有在蒙特卡罗豪赌的爹或娘的衣着平常的莎利。因为在彼得认识的所有人中，休是最势利的一个——最巴结奉承的一个——不，他还不是完全的卑躬屈膝，他过于自命不凡，不会完全卑躬屈膝。显然，把他比作第一流的贴身男仆最合适了——一个跟在后面提箱子的人，可以托付他去发电报——是女主人不可或缺的帮手。而他也找到了他的职责所在——娶了贵族家的伊芙琳小姐。在宫廷里谋到了一份小差使，照管国王的酒窖，擦亮皇家的鞋扣襻，穿着制服短裤、带褶边和饰带的上衣当差。生活是多么无情啊！在宫廷里当个小差！

休娶了这位女士，尊敬的伊芙琳小姐。他想他们就住在附近（他看了看俯瞰公园的那些浮华的宅子），因为有一次他曾在那儿一所宅子里吃过午饭，休的这所宅子里面的东西，和他所有的一切一样，在休的心目中别的房子里是不可能有的——可能是放床单桌布等亚麻布制品的柜子。你必得去看看才行——无论是什么东西，你必得花上许多时间去赞美才行——亚麻布制品柜、枕套、旧栎木家具、画，等等，都是休捡便宜买来的。但是有时候休的太太会露出马脚来。她是那种不起眼的、老鼠般胆小怕羞的瘦小女人，一向爱慕大个子男人。她几乎是个无足轻重的人。然而她会突然说出什么出乎意料的话来——还挺尖刻。她也许还残留着一些显贵的气派。蒸汽锅炉用的煤的气味对她来说太刺鼻了一点——它使空气变得浑浊。总之他们就住在那里，和他们的亚麻布制品柜、他们的古代名画家的画作、他们的滚着真正的花边的枕套一起，过着一年大约五千或一万英镑收入的生活，可是他自己呢，比休大两岁，还在乞求着找个工作。

他在五十三岁上还不得不去求他们在秘书室给他份差事，或给他找个教小孩子拉丁文的助理教师的工作，要听从办公室里某个官吏的支使，一年挣上个五百英镑；因为如果他和戴西结婚，即便加上他的退休金，少于这个数就无法维持生活。惠特布莱德也许能帮他；或者是达洛维。求达洛维办点什么事他倒不在乎。他是个地道的好人；思想有点局限；脑子不太灵活；确实如此；但却是个地道的好人。无论做什么事他都以同样讲究实际的、理智的态度去对待；没有丝毫的想象，没有一星才华的火花，但却有他这种人特有的、难以解释的慎重细心。他该去当一个乡绅——搞政治对他来说是个浪费。在户外养狗弄马他最有本事了——比如说，有一次，克拉丽莎的那条大长毛狗掉进了陷阱里，一只爪子快给撕裂了，克拉丽莎急晕了，一切都是达洛维处理的：包扎、上夹板，对克拉丽莎说别犯傻。也许这正是她喜欢他的原因——她需要的正是这个。“好了，亲爱的，别犯傻了。握住这个——去拿那个。”同时不断和那条狗讲话，好像它是个人似的。

可是她怎能忍受他关于诗歌的那套谬论呢？她怎能由着他没完没了地对莎士比亚大放厥词？理查德·达洛维严肃地、一本正经地站在那儿，说什么正经人都不该读莎士比亚的十四行诗，因为那就像凑在锁眼上偷听（再说他也不赞成里面写的那种关系）。正经男人都不该允许妻子去探望死去的已婚女人的姐妹。简直令人难以置信！唯一的办法是冲他扔糖衣杏仁——那时正在吃晚饭。可是克拉丽莎却全盘吸收，觉得他是那样诚实，那样有主见。天知道，她要是不认为他是她认识的最有创见的人才怪哩！

这是联结他和莎利的纽带之一。那儿有个花园，他们常去散步。花园被围墙圈住，里面有玫瑰丛和巨大的花椰菜——他仍能记得莎利一面扯下一朵玫瑰，停下脚步赞叹月光下的甘蓝叶多么美（他多年以来没有想过的事竟如此生动地出现在回忆之中，这是多么奇怪啊），一面恳求他，当然是半开玩笑地说，把克拉丽莎夺走，以免她落入休和达洛维之流以及所有其他“完美的绅士”之手，他们会“窒息她的灵魂”（那些日子莎利写了大量的诗），仅仅把她变成一个主妇，鼓励她发展世故的为人处世本领。但是对克拉丽莎也该说句公道话，她是无论如何也不会嫁给休的。她非常清楚自己想要得到的是什么。她的情感都是很表面的东西。在内心深处她是很精明的——在判断人的性格上，譬如说，比莎利就强得多，但一切都纯粹属于女性的本能；她有着那非凡的天赋、女人的天赋，不论她在什么地方，都能营造出一个自己的天地来。她走进一个房间，站在进门处，周围总是拥着许多人，就像他常常看见的那样，但是人们记住的却是克拉丽莎。并不是因为她有惊人的外貌，她一点也不漂亮；也没有什么别致之处；她从未说过机智的妙语；可是她总在你的记忆里，总在那里。

不，不，不！他已经不再爱她了！只是在上午见到她拿着剪刀和丝线，为晚宴做准备的情景以后，感到难以摆脱地要想到她；她不断回到他的思想中来，就像在火车车厢里睡着的人不断地撞在他身上；这当然并不意味着爱情；这是想到她、评论她，三十年后又重新试图去解释她。明显的一点是，她很世故；太重视地位、上流社会和成功——在某种意义上这是事实；她对他承认过这一点。（你如果不怕麻烦，总能使她承认；她很诚实。）她会说她讨厌老顽固、老保守、失败者，想来就是像他这样的人；她会认为人没有权利两只手放在口袋里懒懒散散地虚度时光；人应该干出点什么，成为某种人物；你在她的客厅中遇见的那些头面人物、那些公爵夫人、那些满头白发的伯爵夫人，他感到他们远远地脱离了任何稍有价值的事物，对于她来说，他们却代表着某种真实的存在。有一次克拉丽莎说，贝克斯伯罗夫人身子挺得笔直（克拉丽莎自己也是如此，她从不倚着靠着的，直得像根标枪，事实上直得都有点僵了）。她说他们有一种勇气，她年纪越大对此就越敬重。当然这里面有许多是达洛维的观点；大量的热心公益、大英帝国、关税改革、统治阶级的精神等观点对她的影响日益加深，这正是必然的倾向。她具有他两倍的智力，却不得不通过他的眼睛来看待事物——这是婚姻生活的悲剧之一。她有着自己的思想，可她必须总是引用理查德的话——好像你还不能从早晨读的《晨邮报》中丝毫不差地了解理查德的想法似的！这些宴会，比如说，就都是为了他才举办的，或者说是为了她想象中的他而举办的（说句公道话，理查德要能在诺福克郡务农会觉得幸福得多）。她把自己的客厅变成了某种聚会的场所，在这一点上她真是个天才。他多少次看到她把一个乳臭未干的青年放在自己的卵翼之下，把他折腾来折腾去，使他觉醒，让他走上人生之路。自然，无数枯燥乏味的人聚集在她身边。但也会出现料想不到的怪才：有时会是个艺术家；有时是个作家；

在那种气氛中显得十分格格不入。而在这一切的背后是一整套社交的网络：登门拜访、留赠名片、亲切待人；带着束束鲜花和小礼品四处奔走；某人要到法国去——需要一个气垫；真是让她耗尽精力；她这样的女人需要保持的所有这类无休止的交往；但是她是出自真心地在做着，是本能使然。

奇怪的是，她是他认识的人中最彻底的无神论者之一，可能（这是他过去制造出来以解释她的一条理论，她在一些方面是如此透明而在另一些方面又是如此难以理解），可能她对自己说，既然我们是和一条正在下沉的船锁在了一起的、注定要灭亡的一个民族（她小时候最爱读的是赫胥黎[1]和廷德尔[2]的作品，他们都喜欢用这类航海方面的比喻），既然一切都是个拙劣的玩笑，那么让我们至少尽我们的一份责任，减轻我们狱友的痛苦（又是赫胥黎式的语言）；用鲜花和气垫装饰地牢；尽我们可能活得体面一些。那些凶恶的家伙，那些神明们，决不能让他们为所欲为——她的想法是，那些神明们尽管从不会放弃任何伤害、破坏、糟蹋人的生命的机会，然而只要你表现得像个有教养的贵妇淑女，它们就会锐气大减。她的这一心态是西尔维亚死后立刻出现的——那可怕的事件。眼见自己的亲姐妹被倒下的大树砸死（这都是贾斯廷·帕里的过

1 赫胥黎（1825—1895），托马斯·亨利·赫胥黎，英国生物学家，达尔文主义者。
2 廷德尔（1820—1893），英国物理学家。

错——都是因为他粗心大意），足以使人充满了对尘世的愤恨。克拉丽莎总这样说，那是一个行将步入生活的少女，姐妹中最有天分的一位。后来克拉丽莎可能不那么绝对了，她认为并没有神明，谁也不能怪，因此她逐渐形成了这种无神论者的为了善行而行善的信仰。

自然，她享受生活，过得非常快乐。她的天性就是享受快乐（虽然说，老天知道，她有自己含蓄克制的一面；就连他，他常常觉得，在这么多年以后对克拉丽莎也只有个粗线条的了解）。总之，她现在没有怨气；没有好女人身上那种令人厌恶的道德感。她几乎什么都喜欢。如果你和她一起在海德公园散步，她一会儿赞美花坛中的郁金香，一会儿赞美童车里的小孩，一会儿会临时编出个可笑的小故事来（如果她认为那对恋人不快活，她很可能会去和他们聊聊的）。她有非常强烈的喜剧感，可是需要有人，永远需要有人，才能发挥出来，其结果是，她把时间都浪费掉了，午宴、晚宴、自己无休止地举办宴会、说些毫无意义的废话、说些言不由衷的话、使头脑迟钝、丧失分辨力。她会坐在餐桌的主人席上，费尽心机地和一个可能对达洛维有用的老朽周旋——他们认识全欧洲最令人生厌的人物——或者伊丽莎白走了进来，一切就都得围着她转。她在读中学，上次彼得去她家的时候，她正处于不爱开口的年龄，是个长着双圆眼睛、脸色苍白、沉默寡言、呆头呆脑的姑娘，一点也不像她母亲。她理所当然地接受一切，听任母亲婆婆妈妈地对她体贴入微，然后像个四岁的孩子，说一声："我可以走了吗？"克拉丽莎于是解释道："她要去打曲棍球。"口气中交织着喜悦和骄傲，这种感情似乎是达洛维本人在她身上激发起来的。现在伊丽莎白想来已经"正式"参加社交活动了，会把他看成是个老保守，笑话她母亲的朋友们。唉，随她去吧。彼得·沃尔什手里拿着帽子走出摄政公园时心里在想，人老了，所得到的补偿就是，激情依旧，但是获得了——终于获得了——能给生存增添至高的情趣的力量——把握住生存的体验，再依此慢慢加以品味的力量。

坦率地承认这一点是可怕的（他又把帽子戴上了），但是，现在他到了五十三岁的年纪，已经不再需要什么人了。生活本身，它的每一时刻、每一点滴、此时、此地、现在、在阳光下、在摄政公园，就足够了。实际上已经太多了。现在他既已获得了这个力量，要品味生活的全部情趣、吸取每一点滴的乐趣和体会每一层细微的含义，用一生的时间都嫌太短；而这两者都比过去要实在得多、个人色彩要少得多。他以后再也不可能感受到克拉丽莎曾给予过他的那种痛苦了。他会一连几个小时（感谢上帝他可以说这种话而不会被人偷听到），一连几个小时、几天都不会想起戴西。

那么会不会是因为他回忆起往昔的痛苦、折磨和惊人的激情而爱上了戴西？这一次的情况完全不同——要愉快得多——当然，实际情况是，现在是她爱上了他。也许这就是为什么当轮船真的启航时，他竟会感到极度的宽慰，只想一个人独处。在船舱里看见她对他献的小殷勤时——雪茄烟、便条、旅途上用的小毯子——竟感到很恼火。任何一个诚实的人都会这样说；五十岁以后就不再需要什么人了；他不想继续对女人说她们很漂亮；大多数到了五十岁的男人，如果他们诚实的话，都会这样说的，彼得·沃尔什心里想。

但是这种令人惊奇的感情大发作——今天上午突如其来的泪流满面，是怎么回事呢？克拉丽莎会怎么想呢？想来会认为他是个傻瓜，而且还不是头一次这样想。根本上是由于嫉妒——彼得·沃尔什握着小折刀，伸直胳膊，琢磨着：嫉妒是人类唯一不会消失的感情。戴西在她最近的一封信里说她常和奥德少校见面；他知道这是故意说给他听的；是为了使他嫉妒；他能想象出她写信的时候皱着眉头的样子，一边琢磨写什么才能伤害他；然而这没有任何用处；他气极了！所有回英国来找律师这一通折腾并非为了和她结婚，而是为了防止她嫁给别人。折磨他的正是这一点，当他看到克拉丽莎是这样平静、这样冷漠、这样一心扑在她的裙衣啦什么的上面时，心里想到的也正是这一点；他意识到她本可以使他免受这一切折磨，意识到是她把他变成了这个样子——一个抽抽搭搭的老傻瓜。但是女人，他合起折刀，想道，不知道什么是激情。她们不知道激情对男人意味着什么。克拉丽莎冷若冰霜。她会坐在沙发上他的身边，让他握着她的手，给他一个吻——而他正站在十字路口。

一个声音打断了他的思路；一个虚弱、颤抖的声音，没有方向、没有活力、无始无终、不断地流淌出来，无力而尖细，没有任何为人所理解的意义：

依 恩 发 恩 嗦 / 弗 绥 突 因 呜

分不出年龄和性别的声音，古老的泉水从地下喷出的声音；来自摄政公园地铁站对面一个高高的、颤抖着的朦胧的形象，如漏斗、如锈泵、如被风吹打得光秃秃片叶无存的树木，任凭风在它的枯枝间穿动唱着：

依 恩 发 恩 嗦 / 弗 绥 突 因 呜

树便在那永不止息的微风中摆动，发出吱嘎声和呜咽声。

经过了所有的时代——当人行道还是草地、还是沼泽的时候，经过了长牙野兽和猛犸象出没的时代，经过了万籁俱寂的日出的时代，那精疲力尽的女人——因为穿的是裙子，所以是一个女人——裸露着右手，左手紧贴在身旁，伫立着歌唱爱情——歌唱持续了百万年的爱情，战胜一切的爱情，她低声吟唱起她那死去已多少个世纪的情人，在几百万年前曾和她在五月里一起散步；但是她记得，随着长如夏日、只有火红的紫菀花在怒放的岁月消逝，他去了；巨大的死亡之镰横扫过高大的群山，当她终于将自己灰白、无比苍老的头放在已变成仅是一堆冰碴的大地上时，她恳求神明们在她身旁放上一束紫色的石楠花，放在她那领受最后的太阳的最后余晖的、温存的、在高岗之上的葬身之处。因为那时，宇宙壮丽的庆典将成为过去。

当这首古老的歌在摄政公园地铁站的对面流淌出来时，大地仍显得鲜花盛开、郁郁葱葱；虽然歌声来自这样野荒的出口，只不过是地上的一个洞，而且还泥泞非常，缠结着树根纤维和杂乱的草茎，然而那首古老的汩汩流淌的歌，渗透过无穷岁月交缠的根茎，渗透过枯骨和宝藏，形成涓涓细流，淌过人行道，沿着马里勒波恩街流向尤斯顿街，在肥沃大地上，留下一片湿痕。

脑中仍保存着在某个远古的五月，她和情人一起散步的记忆，这个一只手裸露着乞讨铜板、另一只手紧贴身旁的精疲力竭的老妇，这台锈泵，一千万年以后将仍然在那儿，回忆着她怎样曾经在五月里散步，而此时这里已成了汪洋大海。至于说她当时是和谁在一起散步已无关紧要——那是一个男人，啊，没错，一个爱过她的男人。但岁月的流逝已使那久远的五月的一天变得模糊不清了；那花瓣鲜艳的花朵罩上了一层银白的寒霜变成一片灰白；当她恳求他（正如她现在清晰地说出的那样）“用你那温柔的双眼热切地注视我的眼睛”时，她再也看不见，再也看不见褐色的眼睛，黑色的络腮胡或晒黑了的面孔，她看到的只是一个朦胧的轮廓，一个影子，她以一个高龄老者具有的小鸟般的清新，仍颤抖地唱着，“把你的手给我，让我将它轻轻握住”（彼得·沃尔什坐进出租车之前情不自禁地给了这可怜的老妇一枚硬币），“如果有人看见，那又有什么关系？”她问道。她的拳头紧贴在身旁，微笑着，把那一先令硬币放进了口袋，所有好奇的、盯着她看的眼睛似乎都被抹去了，过去的一代代人都消失了——人行道上挤满了熙来攘往的中产阶级——就像树叶，被踩在脚下，被那永恒的喷泉所浸泡、滋润，变成沃土——

依 恩 发 恩 嗦 / 弗 绥 突 因 呜

“可怜的老太婆。”雷齐娅·沃伦·史密斯等着过马路时说。

啊，可怜的、不幸的老太婆！

如果是个雨夜呢？如果你的父亲，或者是某个在你日子过得好些的时候认识你的人恰好这时经过，看见你这副穷途末路的样子呢？她晚上在哪儿睡觉呢？

那摧不垮的一丝歌声欢乐地、几乎是轻快地像农舍烟囱里的炊烟盘旋着升向空中，袅袅地升离山毛榉树丛，化成一缕蓝烟从树端的叶片中飘散开来。“如果有人看见，那又有什么关系？”

因为雷齐娅已经一连多少个星期感到很不快活，她感到发生的一切事情都有着特殊的意义，有时几乎觉得在街上看到样子善良的好人就必须拦住他们，就为了对他们说“我很不快活”；而听到这个老妇人在大街上唱“如果有人看见，那又有什么关系？”，使她突然相信一切都会好起来。他们要去见威廉·布拉德肖爵士；她觉得他的名字很好听；他会立刻把塞普蒂莫斯的病治好。后来过来了一辆酿酒厂的马车，拉车的灰马的尾巴上沾着竖起的稻草茬；还有张贴报纸的牌子。感到不快活是蠢而又蠢的臆想。

于是他们，塞普蒂莫斯·沃伦·史密斯夫妇，穿过了马路，到底他们身上有什么东西会吸引人们的注意，有什么东西会使过路人猜想，这是一个胸中载有世上最伟大的启示的年轻人，而且还是世上最幸福同时又是最痛苦的人？也许他们比别人走得慢一些，男的步态里有着某种迟疑和拖沓，但是对于一个多年来从未在工作日的这个时刻到伦敦西区来的小职员，不断地抬头望天、东张西望是再自然不过的事了；波特兰街就仿佛是主人长期离家时他进入的一个房间，大吊灯挂在白色细亚麻布袋里，看管房屋的人拉起长遮帘的一角，让道道尘土飞扬的光束照在空落落的、样子古怪的扶手椅上，向游客讲述这是一个多么美好的地方；多么美好，他看着桌子和椅子，心里想道，但同时又是多么奇怪。

从外表看来，他很有可能是个小职员，不过是比较高级的那种；因为他穿着棕色皮靴；他的手显示出他是受过教育的；他的侧影也使人有同感——棱角分明、鼻子很大、聪明、敏感；可是嘴唇却不然，松垮垮的；而他的眼睛（眼睛一般都会如此），就是一般的眼睛而已；是淡褐色的大眼睛；因此总的来说他属于两可状态，既不是这类也不是那类，可能最后会在珀利拥有一所住宅和一辆汽车，但也可能终生租住在某条后街的公寓里；一个通过自学受教育的人之一，所学的一切全是靠写信征求著名作家的意见后，从公共图书馆中借来图书，每天工作之后在晚间阅读而得。

至于说其他的经历，那些人们在卧室、办公室，在田间或伦敦街头散步时独自获得的经历，他都是有的；他从小就离开了家，是因为他的母亲，她欺骗了他；是因为他第五十次没有洗手就下楼来吃茶点；是因为他看不到一个诗人在斯特劳德有什么前途；因此，他对小妹妹说出了心腹话后就去了伦敦，留下了一封可笑的短信，就像伟人们写的，那种当以后他们奋斗的故事出名之后，世人都会去读的短信。

伦敦吞没了几百万个名叫史密斯的年轻人，对于父母为孩子取的、以求与众不同的像塞普蒂莫斯这样的异想天开的教名伦敦也视为十分平常。住在尤斯顿街岔出来的一条小街上，他有着许多经历，譬如两年时间一个人的脸就从红润、天真、椭圆形变成尖瘦、皱巴、充满敌意。但是对于这一切，即使是最富有观察力的朋友又能说些什么呢？也就是花匠在早晨打开温室的门，看到在一株植物上又开了一朵花时说的那样——“开花了”；是虚荣、雄心、理想、激情、孤独、勇气、懒散等普通的种子培育而成的；一切混杂在一起（在从尤斯顿街岔出来的一条小街上的一个房间里），使他畏缩、结巴，使他渴望提高自己，使他爱上了在滑铁卢路叫莎士比亚的伊莎贝尔·波尔小姐。

“难道他不像济慈[1]吗？”她问道。她考虑着如何能使他感受一下《安东尼和克利奥佩特拉》以及莎士比亚的其他作品；她借书给他看；给他写些零星的短信；在他心中点燃了他一生中只可能燃烧一次的烈火，没有热量，在波尔小姐周围闪烁出无限缥缈虚幻的金红色的火焰；《安东尼和克利奥佩特拉》；滑铁卢路。他觉得她很美，相信她绝顶聪明；他梦见她，写诗献给她，她不理睬诗的主题，用红墨水笔改诗中的错误。一个夏天的傍晚，他看见她身穿绿色裙衣在一个广场上散步。如果花匠打开了门，他可能会说“开花了”；而如果他走进门来，也就是说，在任何一个夜晚大约这个时候走进门来，就能看见他在写东西；看见他把写的东西撕掉；看见他在凌晨三点写完一篇杰作，跑出门外到街上踱来踱去，参观教

1 济慈（1795—1821），英国著名浪漫派诗人。

堂，一天绝食一天狂饮，贪婪地读莎士比亚、达尔文、《文明史》以及萧伯纳。

出了什么事了，布鲁尔先生知道这一点。布鲁尔先生是西布利和阿罗史密斯公司的总管，这家公司从事拍卖、估价和房地产经营；出了什么事了，他心想；由于他对手下的年轻人有着父亲般的感情，而且对史密斯的能力有很高的评价，预言他会在十到十五年的时间里坐上里屋天窗下皮扶手椅这个位置，四周满是文件和契约箱，“如果他能保持健康。”布鲁尔先生说，而危险也正在这里——他看上去很虚弱；他建议他去踢足球，请他吃晚饭，准备考虑建议给他加薪，但这时突然发生了一件事，把布鲁尔先生的许多打算都给抛在了一边，夺去了他手下最能干的年轻人。最后，欧战那阴险和无所不至的恶手砸碎了谷物女神的石膏像，在天竺葵的花圃里炸出了一个坑，彻底摧毁了布鲁尔先生在穆斯潍尔山宅子里的厨师的神经。

塞普蒂莫斯是首批自愿入伍的人之一。他去到法国，为了拯救一个几乎完全由莎士比亚的剧作和穿着绿色裙衣在一个广场上散步的伊莎贝尔·波尔构成的英国。在战壕中，布鲁尔先生建议他踢足球时所希望看到的变化立刻就出现了；他身上的男子汉气概发展了；他得到了提升；他不仅引起了他的名叫埃文思的长官的注意，而且还赢得了他的好感。这情况活像两条狗在壁炉前的小地毯上嬉戏；一只在玩一个纸团，吠叫着、撕咬着、不时地去挤挤老狗的耳朵；另一只则懒洋洋地躺在那儿，眨巴着眼睛看着炉火，抬抬爪子，转过头温和地嚎上两声。他们俩非在一起不可，分享一切，又打又吵。但是当埃文思（只见过他一次的雷齐娅把他称作是“文静的人”，他健壮，一头红发，在有女人的场合不流露感情）在停战前夕在意大利牺牲时，塞普蒂莫斯不但没有表现出任何悲伤，或者看到这是友谊的终结，反而为自己的无动于衷和理智态度感到庆幸。战争教育了他。战争是崇高的。他经历了一切：友谊、欧战、死亡，获得了提升，还不到三十岁，肯定能够活下去。在这一点上他是对的。最后的一阵炮弹没有击中他。他漠然地看着它们爆炸。和平到来之时他在米兰，被分配住在一个旅店老板的家里，他们有个院子，桶子里种着鲜花，露天放着小桌子，这家的女儿们做着帽子。一天晚上他发现自己失去了感觉的能力，惊恐之情陡然袭上心头，就和老板的小女儿卢克雷齐娅订了婚。

因为现在一切都结束了，已经签署了停战协定，埋葬了死者，而他却会突然感到晴天霹雳般的恐惧，特别是到了晚上。他失去了感觉的能力。当他打开意大利姑娘们坐在里面做帽子的那间房间的门时，他能够看见她们；能够听见她们；她们把金属线在小盘子里盛的彩色珠子间揉搓；她们把硬麻布制成的帽形转来转去；桌子上放满了羽毛、亮晶晶的金属饰片、丝绸、缎带，剪刀碰撞着桌子；

但是他缺了点什么；他失去了感觉的能力。然而剪刀的碰撞声、姑娘们的笑声、帽子的制作保护了他；他确信自己是安全的；他有了避难之处。但是他不可能整晚都坐在那里。清早时分会有醒着的时刻。床在掉落下去；他在掉落下去。啊，要是能有剪刀、灯光和硬麻布帽形该有多好啊！他向卢克雷齐娅求婚，她是两姐妹中小的一个，快活，轻浮，长着艺术家式的纤纤细指，她常常会伸出手指说："本事都在它们身上。"丝绸、羽毛，以及等等一切被她的手一摆弄都具有了生命。

"帽子是最要紧的。"当他们一起出去散步的时候她会说。她会仔细观察经过她身边的每一顶帽子；还有斗篷、裙衣和那女人的姿态如何。她既看不上马虎的穿着也看不上过分装束，但态度并不激烈，只是用手的不耐烦的动作表示出来，就像一个画家在把并无恶意的粗俗的赝品从面前赶开时所做的动作那样；然而她对把自己的那点行头穿着得蛮像样子的女店员会大度地，而又总是挑剔地表示赞许；或者会对一位正走下马车、身穿灰鼠皮衣、披着披肩、佩戴着珍珠首饰的法国女士以行家的眼光满腔热情地大加赞扬。

"真美！"她会喃喃道，一面捅捅塞普蒂莫斯，好让他也看看。但是美和他隔着一层玻璃。就连美食（雷齐娅喜欢冰淇淋、巧克力、甜食）对他也没有什么滋味。他把杯子放在大理石的小桌子上。他看着外面的人们；他们看上去很幸福，聚集在街心又喊又笑，无缘无故地争争吵吵。但是他却尝不出滋味，失去了感觉的能力。他在茶室里，处在茶桌和叽叽喳喳聊天的侍者之中，一阵可怕的恐惧感突然攫住了他——他失去了感觉的能力。他能够思考；他能够阅读，例如他能很轻松地读但丁的作品（“塞普蒂莫斯，放下你的书。”雷齐娅说着轻轻地合上《地狱篇》），他能够计算清楚自己的账单；他的大脑十分健全完好；那么，他失去了感觉的能力——这必定是这个世界的过错了。

“英国人真不爱讲话。”雷齐娅说。她说她喜欢这一点。她尊敬这些英国人，想看看伦敦，看看英国的马匹和式样及裁制都很考究的服装，她还记得听到一个嫁到英国，定居在索霍区的姑姑说起过那儿的商店有多棒。

当他们乘火车离开纽黑文时，塞普蒂莫斯看着车窗外的英格兰，心里想道，有可能，有可能世界本身就是毫无意义的。

在办公室他们提升他到一个相当重要的职位上工作。他们为他而感到骄傲；他曾获得过十字勋章。“你已经尽了你的责任；该由我们——”布鲁尔先生开始说道，但高兴得说不下去了。他们在离托特纳姆大院路不远处租下了一套极好的房子。

在这里他又一次打开了莎士比亚的作品。少年时对语言的陶醉之情——《安东尼和克利奥佩特拉》——已荡然无存。莎士比亚是多么厌恶人类啊——穿衣服、生儿育女、口腹之肮脏！这一点现在已揭示在了塞普蒂莫斯的面前；这份信息被文字的优美所掩盖。一代人在伪装下传递给另一代人的信息是厌恶、仇恨、绝望。但丁是如此。埃斯库勒斯[1]（翻译过来的版本）也是如此。雷齐娅坐在那里装饰帽子。她为费尔默太太的朋友装饰帽子；她一个小时又一个小时地装饰帽子。他觉得她看上去苍白、神秘，像一朵淹没在水下的百合花。

“英国人真严肃。”她会说，一面伸出胳膊搂住塞普蒂莫斯，和他脸贴着脸。

对于莎士比亚，男女之爱是令人厌恶的。对于他，两性交媾早就是肮脏的事。但是雷齐娅说她一定要有孩子。他们结婚已经五年了。

他们一同到伦敦塔[2]去玩；去参观维多利亚和阿尔伯特博物馆[3]；站在人群之中观看国王主持议会的开幕式。还有那些商店——帽子店，服装店，橱窗里展示着皮包的商店，她会站在橱窗外凝视这一切。但是她一定得要个儿子。

她说，她一定得要个像塞普蒂莫斯的儿子。可是没有人能够像

1　埃斯库勒斯（公元前525—公元前465），古希腊戏剧家，希腊悲剧之父。
2　伦敦塔：英国皇家要塞和伦敦的标志。位于泰晤士河北岸，伦敦市东侧。曾长期被用作国家监狱。
3　维多利亚和阿尔伯特博物馆：在伦敦，藏有英国重要装饰艺术品及英国水彩画和细密画、版画及素描。

塞普蒂莫斯；他是这样温柔、这样严肃、这样聪明。她问他，难道她不能也读莎士比亚吗？莎士比亚是个很难读的作家吗？

一个人不能让孩子出生到这样一个世界上来。一个人不能让苦难永远延续下去，或去繁衍这种充满淫欲的动物，他们没有持久的感情，只有幻想和虚荣，将他们时而推转到这边，时而推转到那边。

他看着她剪裁、制作，就像一个人看着小鸟在草丛中蹦蹦跳跳，飞来飞去，连手指头都不敢动一动。因为事实是（就让她忽视这一点吧），人类既无善心，又无信念，也无宽容，有的只是能增加眼前快乐的东西。他们成群结队去猎食。他们一群群搜遍沙漠，尖叫着消失在荒野之中。他们抛弃死者。他们满脸怪相。就说在办公室里的那个布鲁尔，小胡子上了蜡，戴着珊瑚领带夹，穿着白套头内衣，有着令人愉快的感情——而内心完全是冰冷和漠然——他的天竺葵毁于战争——他的厨师神经被摧垮；或者那个叫阿米利亚什么的女人，准时在五点钟把一杯杯茶递给大家——这是个眼神风骚、态度轻蔑的小淫妇；而从那些衬衫的假前胸浆得笔挺的汤姆们和伯蒂们的身上，渗出浓浓的滴滴罪恶。这些人从未见过他在笔记本上画赤身裸体做着丑态的他们。在大街上，运货车发出隆隆的声响驶过他的身边；标语牌上张贴的是醒目的残酷事件；男人被困在矿井；女人被活活烧死；有一次，一队精神病患者被放出到托特纳姆大院路上锻炼或展示，好让老百姓取乐（他们高声大笑），他们点头傻笑着不紧不慢地走过他的身边，每个人都半带歉意而又半得意扬扬地将无望的悲苦加给人们。他会不会发疯呢?

喝午茶时雷齐娅告诉他费尔默太太的女儿要生孩子了。她可不能没有孩子就这么进入老年！她非常孤独，她非常不幸！婚后她第一次哭了。他远远地听到了她在抽泣；他听得真切并非常分明地注意到了她在抽泣；他将它比作活塞的重击声，但他什么也感觉不到。

他的妻子在哭泣，而他什么也感觉不到；只是每当她这样深深地、无声地、绝望地哭泣一次，他便向地狱又跌下了一步。

最后他终于做出了机械的、自己完全意识到是毫无诚意的夸张的动作，把头垂下埋在手中。现在他已经投降；现在别人必须来帮助他。必须去叫人来。他屈服了。

什么也无法将他唤起。雷齐娅把他扶上床去。她请来了一个医生——给费尔默太太看病的霍姆斯大夫。霍姆斯大夫给他做了检查，说塞普蒂莫斯什么病也没有。啊，这下可放心了！雷齐娅想，这是个多么和蔼的人，多么善良的人啊！霍姆斯大夫说，当他自己心情这样的时候他就去音乐厅。他就和妻子一起休息一天，打打高尔夫球。为什么不试试在睡觉前把两片溴化剂溶在一杯水中服用呢？布鲁姆斯伯里区的这些老房子，霍姆斯大夫敲敲墙说，墙壁常常有非常讲究的嵌板，可是房东却愚蠢地用墙纸全给糊了起来。就在前不久，他到贝德福特广场去给一个叫什么爵士的病人看病——

看来没有任何借口了；什么毛病也没有，除了人性已判处他死刑的那份罪孽；那就是他什么也感觉不到。埃文思牺牲时他毫不在乎；那是最大的罪过；但是所有其他的罪过都在清晨时分在床栏杆旁抬起头来，向着瘫躺在那儿的躯体摇晃着手指，极尽冷嘲热讽之能事；他意识到自己的堕落；他不爱妻子却和她结了婚；他对她撒了谎；他勾引了她；使伊莎贝尔·波尔小姐义愤填膺，他全身密密麻麻地布满了罪恶堕落的疤痕，妇女在街上看到他就浑身发抖。人性对这样卑鄙可耻的人的判决是死刑。

霍姆斯大夫再度来给他看病。大夫个子高大，气色很好，一表人才。他轻轻掸了掸靴子，照了照镜子，说头疼、失眠、恐惧、多梦等都算不了什么——只不过是神经性的症状。如果霍姆斯大夫发现自己的体重比一百六十磅哪怕低了半磅，也会在早餐时向妻子多要上一盘麦片粥（雷齐娅将要学煮麦片粥）。但是，他继续说道，健康主要是靠我们自己来控制。把自己投入到对外界事物的兴趣之中；培养某种业余爱好。他翻开了莎士比亚——《安东尼和克利奥佩特拉》；他把莎士比亚的书推到了一旁。某种业余爱好，霍姆斯大夫说，因为，他自己身体这么棒（他工作起来和伦敦任何一个男人一样卖力），难道不正是该归功于他总是能够把注意力从病人身上转移到古旧家具上去这个事实吗？哦，如果允许他冒昧地说上一句的话，沃伦·史密斯太太头上的这把小梳子是多么漂亮啊！

当这个该死的笨蛋再来给他看病时，塞普蒂莫斯拒绝见他。他真的拒绝见我？霍姆斯大夫说，一面令人愉快地微笑着。真的，他不得不友好地推开那娇小可爱的史密斯太太，才能走过她进入她丈夫的卧室。

“这么说你现在是吓坏了。”他在病人旁边坐下，令人愉快地说道。他还真对妻子说起要自杀，一个不错的姑娘，还是个外国人，不是吗？这难道不会使她觉得英国的丈夫们很古怪吗？难道一个人对妻子不应负有某种责任吗？去做点什么难道不比躺在床上更好些吗？因为他有着四十年的经验；塞普蒂莫斯可以相信霍姆斯大夫的话——他什么病也没有。下次霍姆斯大夫再来的时候，他希望看到史密斯已经下床，不要再让他的妻子，那位娇小可爱的夫人，为他担心。

总之，人性——这个有着血红色鼻孔的令人厌恶的畜生——是和他干上了。霍姆斯和他干上了。霍姆斯大夫每天几乎按时来给他看病。你一旦失足，塞普蒂莫斯在一张明信片的背面写道，人性就和你干上了。他们的唯一出路是逃跑，不能让霍姆斯知道；逃到意大利去——哪儿都行，哪儿都行，离霍姆斯大夫远远的。

但是雷齐娅无法理解他。霍姆斯大夫是个多么好心肠的人。他对塞普蒂莫斯是这样关心。他一心只想帮助他们，他说。他有四个年幼的孩子，而且他邀请她去吃午茶呢，她对塞普蒂莫斯说。

如此说来他被抛弃了。整个世界都在叫喊着：为了我们，杀死自己吧，杀死自己吧，可是他为什么应该为了他们而杀死自己呢？食物可口；太阳炎热；而杀死自己这种事，该怎么个干法呢？用餐刀，血流如注，太让人恶心了——凑在煤气管子上吸煤气吗？他太虚弱了，简直连手都抬不起来。再说，现在他既然已被谴责、被抛弃，孤独寂寞，和垂死的人一样孤独寂寞，便也从中获得了一种享受，这是充满了庄严崇高的孤独；一种有羁绊的人永远无法享有的自由。当然是霍姆斯胜利了；有着血红色鼻孔的畜生胜利了。但是即便是霍姆斯本人也无法伤害这个飘零天涯的最后的残存者，这个被抛弃的人；他回头凝视人间世界，他宛如一个躺在尘世之岸上的溺水死去的水手。

正是在这个时刻（雷齐娅出去购物了）他感悟到了那伟大的启示。从屏幕后面传来了一个声音。埃文思在说话，死去的人和他在一起。

“埃文思，埃文思！”他呼喊道。

史密斯先生正在大声自言自语呢，女仆阿格尼丝对厨房里的费尔默太太说。她端着托盘进他房间时他在喊着“埃文思，埃文思”。她吓了一跳，真的吓了一跳。她赶忙蹿下楼来。

雷齐娅捧着花回来了，她穿过房间，把玫瑰花放进花瓶。阳光直射在花瓶上，光点欢笑着，在室内四处跳动。

雷齐娅说她不得不从街上一个贫穷的男人那儿买下这些玫瑰。可是花都快干死了，她一面插着玫瑰花一面说。

这么说外面有一个男人；想来是埃文思；还有雷齐娅说已经快干死的玫瑰花，是他从希腊的田野里采摘来的。“交流就是健康；交流就是幸福；交流——”他咕哝道。

“你在说什么，塞普蒂莫斯？”雷齐娅问道，她吓坏了，因为他在自言自语。

她打发阿格尼丝跑去找霍姆斯大夫。她说她的丈夫疯了。几乎不认识她了。

“你这畜生！你这畜生！”塞普蒂莫斯看见人性，也就是霍姆斯大夫，走进房间时大声喊叫道。

“哎，又怎么啦？”霍姆斯大夫用世界上最亲切的口气问道，“胡说一阵好吓唬你妻子吗？”不过他要给他吃点药让他睡觉。如果他们是有钱人的话，霍姆斯大夫带着讽刺的神情环顾着这个房间，他们要是不信任他尽可以去看哈利街[1]上的医生；霍姆斯大夫说，样子可就不那么和蔼了。

时间是十二点整；根据大本钟是十二点，报时的钟声飘过伦敦城的北部；它和其他钟的报时声汇合，又轻飘飘地和云彩及缕缕烟

1　哈利街：伦敦收费极高的私人医生聚集处。

雾混合，消失在天空飞翔的群群海鸥之间——钟敲十二下的时候克拉丽莎·达洛维正把她的绿裙衣放在床上，而沃伦·史密斯夫妇正沿着哈利街行走。十二点钟是他们约好的时间。雷齐娅想，也许门前停着灰汽车的房子就是威廉·布拉德肖爵士的住宅。沉闷的钟声在空气中消散。

果然不错——那是威廉·布拉德肖爵士的汽车；车身低、马力大、灰颜色，车门板上简洁地印着字母交织在一起的他的姓名的缩写，似乎他既然是神灵的助手，传播科学的教士，炫耀家世便是不恰当的；因为汽车是灰色的，为了和它那朴素庄重的颜色相般配，车内堆放着灰色毛皮和银灰色的小毯子，好在爵士夫人等待的时候为她保暖。因为威廉爵士常常会驱车到六十英里或更远的乡间去给有钱的病人看病，这些人付得起威廉爵士非常恰如其分地索取的高额诊疗费。爵士夫人膝上裹着毯子，背靠在座位上等上一个小时或更长的时间，有时脑子里想着病人，有时则情有可原地想着一堵金墙，在她等待的时候在一分钟一分钟地加高；这堵金墙在他们俩和一切沧桑世事及焦虑不安（她曾勇敢地承受一切；他们有过艰苦的奋斗）之间不断升高，直到她感到自己牢固地置身于平静的海洋之上，那儿唯有香风吹拂；她受到人们的尊敬、赞美、嫉妒，几乎没有什么不满足的了，尽管对自己身材肥胖感到遗憾；每星期四晚上为医界同行举行的盛大晚宴；偶尔主持义卖市场的开幕式；去向王室致意；唉，和丈夫在一起的时间太少了，丈夫的工作越来越多；一个儿子在伊顿公学[1]念书，成绩不错；她本来还想要个女儿；她兴趣很广泛；儿童福利；癫痫病人发病后的护理；还有摄影，这样当她等待丈夫的时候，如果看到有座教堂，或一座行将倒塌的教堂，她就会买通教堂司事，拿上钥匙进去照相，这些照片和职业摄影师的作品几乎不相上下。

威廉爵士本人年纪已经不轻了。他一直使劲工作；他完全靠自己的能力获得了今天的地位（他父亲是个店主）；他热爱自己这一行；在各种庆祝活动上是个很好的傀儡人物，而且很有口才——到他被封为爵士时，他做出的上述努力已使他显得沉重、倦怠（川流而来的病人永无休止，职业的责任和特权又如此繁重艰巨），这倦怠的神情，加上他灰白的头发，使他的风度变得格外出众，并带给了他卓著的声誉（这在治疗神经性疾病上具有特殊的重要性）：他不仅有敏捷熟练的技术和几乎确切无误的诊断，而且还富有同情心；老练机智；了解人的灵魂。他们俩一走进房间他就明白了一切（他们的名字是沃伦·史密斯夫妇）；他一看见那男的就确知这是一个极其严重的病例。他在两三分钟内就确定这是一个彻底崩溃的病人——身体和精神的彻底崩溃，所有的症状都说明已到了严重阶

1 伊顿公学：英国最著名私立学校之一。

段（他在一张粉红色的卡片上记下了他们对他谨慎地低声提出的问题的回答）。

霍姆斯大夫给他看病有多久了？

六个星期了。

给开了一点溴化剂？说没有什么病？哦，是的（这些通看各科的开业医生！威廉爵士心里想。他一半的时间都得花在纠正他们愚蠢的错误上。有些还是无法弥补的错误）。

“你参加了大战，表现得很英勇，是不是？”

病人疑惑地重复了“战争”这个词。

他给词语加上了象征性的含义。一个严重的症状，应该记在卡片上。

“大战？”病人问道。是欧战——小学生用火药搞出来的那场闹剧吗？他在战争中表现得很英勇吗？他真的是忘记了。他失败之处正是大战本身。

“是的，他表现得非常英勇，”雷齐娅对医生肯定地说，“他得到了提升。”

“在办公室他们对你的评价很高吧？”威廉爵士低声道，一面扫了一眼布鲁尔先生写的那封充满表扬词句的信，“这样说来你没有什么可担心的事情，没有经济上的忧虑，什么事情也没有吧？”

他犯了一件可怕的罪行，被人性判处了死刑。

“我——我，”他开始说道，“犯了罪——”

“他什么错事也没有做过。”雷齐娅明确地对医生说。如果史密斯先生能等一等的话，威廉爵士说，他想和史密斯太太在隔壁房间里谈一谈。她的丈夫病得很重，威廉爵士说道。他有没有威胁过说要自杀？

“啊，说过的。”她大声说道。“可是他不是当真的。”她说。“当然不是。这只是个休息的问题。”威廉爵士说。需要休息、休息、休息；长时间的卧床休息。乡下有个可爱的疗养院，她丈夫在那儿会得到很好的照料。“离开她吗？”她问。“很遗憾，是的；在我们生病的时候，我们最爱的人对我们没有益处。可是他没有疯，对吧？”威廉爵士说他从来不说“疯”这个字；他的说法是不具有均衡感。但是她丈夫不喜欢医生。他会拒绝去疗养院。威廉爵士简短而和蔼地对她解释了她丈夫的状况。他威胁过说要自杀。没有其他的办法。这涉及法律问题。他会在乡间一所漂亮的房子里卧床休息。护士们都是好样的。威廉爵士会一个星期去看他一次。如果沃伦·史密斯太太肯定没有别的问题要问的话——他从来不催病人——他们就回到她丈夫那儿去。她没有问题要问了——没有要问威廉爵士的问题了。

于是他们回到了坐在天窗下扶手椅中的塞普蒂莫斯·沃伦·史密斯身旁，这个人类中最崇高的人；面对法官的罪犯；被放在高处示众的牺牲者；天涯漂泊人；淹死的水手；写下不朽颂歌的诗人；经历过生死的上帝。他眼睛盯在布拉德肖爵士夫人身穿朝服的相片上，嘴里喃喃说着有关美的启示。

“我们稍稍谈了一下。”威廉爵士说。

“他说你病得非常、非常厉害。”雷齐娅大声说。

“我们商量了，你应该去疗养院。”威廉爵士说。

“霍姆斯开的疗养院之一吗？”塞普蒂莫斯冷笑道。

这家伙给人一个很讨厌的印象。因为威廉爵士的父亲是个商人，他对教养和人的衣着具有天生的敬意，衣衫褴褛使他恼怒；但威廉爵士从来没有时间读书，所以在他内心深处嫉恨那些有教养的人，他们走进他的诊室，示意医生不是受过教育的人，尽管干这一行需要不断紧张地使用一切最高的智力。

“是我的疗养院之一，沃伦·史密斯先生，”他说道，“在那里我们要教会你休息。”

只剩下一件事了。

他相信，沃伦·史密斯先生在没病的时候是世界上最后一个会使妻子害怕的人。可是他说过要自杀的。

“我们都有感到抑郁的时候。”威廉爵士说。

你一旦堕落，人性就和你干上了，塞普蒂莫斯再次对自己说。霍姆斯和布拉德肖和你干上了。他们搜遍沙漠。他们尖叫着飞奔进荒野。他们使用拉肢刑架和拇指夹这种刑具。人性是无情的。

“他有的时候会突然冲动吗？”威廉爵士的铅笔停在粉红色的卡片上问道。

那是他自己的事，塞普蒂莫斯说。

“没有人只为自己活着。”威廉爵士说，一面瞄了一眼妻子穿朝服的相片。

“你面前还有辉煌的事业呢，”威廉爵士说，布鲁尔先生的信还在桌子上，“极其辉煌的事业。”

可是如果他把一切都坦白出来呢？如果他和人们交流呢？那他们，折磨他的人，会不会放过他呢？

“我——我——”他结巴着。

可是他究竟犯的是什么罪呢？他记不起来了。

“说下去呀！”威廉爵士鼓励他。（可时间不早了。）

爱情，树木，没有犯罪——他想说的是什么？

他记不起来了。

“我——我——”塞普蒂莫斯结巴着。

“尽量少想你自己。”威廉爵士和蔼地说。说真的，他可不适于到处走动。

他们还有什么事情要问他吗？威廉爵士会安排好一切的（他低声对雷齐娅说），他会在当晚五六点钟之间通知她，他轻声说道。

“一切都交给我好了。”他说，然后就让他们离开了。

雷齐娅一生中还从来没有感到这样痛苦过，从来没有过！她来求助，却被抛弃了！他辜负了他们！威廉·布拉德肖爵士不是个好人。

他们离开他家来到马路上时塞普蒂莫斯说，光是养护那辆汽车肯定就得花挺大一笔钱。

她紧抱住他的手臂。他们被人抛弃了。

但是她还能奢望什么呢?

他给病人三刻钟的时间；如果在这门艰难费力的科学中——毕竟这是有关我们一无所知的事物，即神经系统、人的大脑——一个医生失去了均衡感，那么作为医生他就失败了。我们必须拥有健康；而健康就意味着均衡；因此当一个人走进你的房间，说他是耶稣基督（一种常见的错觉），并有基督的启示（他们大多有什么启示），而且威胁说要自杀（他们常这样说），你就要采取均衡术；命令他卧床休息；独自休养；安静加休息；不见朋友、不读书、不通信息；休息六个月；直到进院时体重一百零五磅的人出院时体重达到一百六十八磅为止。

均衡，神圣的均衡，这是威廉爵士的女神，来自他巡视医院、钓捕鲑鱼、布拉德肖夫人在哈利街生儿子等的各种时刻。布拉德肖夫人自己也钓捕鲑鱼，她照出的相片和专业摄影师的作品简直没有什么区别。由于威廉爵士崇拜均衡，他不仅自己事业兴旺，而且还使英国兴旺起来。他把精神病人隔离开来，不许他们生育，惩治绝望情绪，使身心不健康的人无法宣传他们的观点，直到他们也具有他的均衡感为止——如果是男人，就要接受他的观点，如果是女子，就要接受布拉德肖夫人的观点（她刺绣、编织、每周七个晚上中有四个在家和儿子一起度过），因此不仅他的同行尊敬他，他的下属害怕他，就连病人的亲友也对他存有最强烈的感激之情，因为他坚持，这些预言世界末日或基督降临的、男男女女的基督式的预言家们都应如他所命令的那样卧床喝牛奶；威廉爵士以他三十年治疗这类疾病的经验，和他一贯正确的直觉，深知这类感觉就是精神失常；事实上，他具有均衡感。

但是均衡有一个姐妹，她不那么面露笑意，更令人生畏，这是一位女神，现在正在从事着——在印度的酷暑和沙洲中，在非洲的泥淖和沼泽中，在伦敦的贫民区中。总之，在一切社会风气或魔鬼引诱人们背弃真正的信仰，也就是她自己的信仰的地方——正在从事着冲毁神龛、砸碎偶像、以自己严厉的面容取而代之的工作。她的名字叫皈依，她享用掉弱者的意志，专爱引人注目、强加于人、欣赏铭刻在公众脸上的自己的面容。在海德公园一角她站在桶上说教；她把自己裹在白衣中，假扮成同胞之爱的使者，带着忏悔的神情走过工厂和议会；她表示愿意助人，但渴望得到的是权力；粗暴地打击排除持异议者或不满分子；她赐福于那些仰望着她，谦恭地从她的眼中获得自己光明的人们。这位女神（雷齐娅·沃伦·史密斯凭直觉推测）在威廉爵士的心中也有着自己的地位，尽管和她在大多数情况下那样，掩盖在某种貌似可信的伪装之下；如某个令人肃然起敬的名字；爱情、责任、自我牺牲。他会怎样地拼命工作啊——如何辛苦地去筹集基金、宣传改革、创立机构！但是皈依，这位难以讨好的女神，更爱的是鲜血而不是砖头，并极其阴险地享用掉人的意志。比方说布拉德肖夫人。十五年前她就已屈服了。你指不出什么具体事例来；没有吵闹、没有发作；只是她的意志像浸透了水慢慢下沉，沉入到他的意志之中。她的微笑是甜美的，她的屈服是迅速的；哈利街宅子里八九道菜、款待十位或十五位专家的晚宴进行得顺利而周到。只是当夜渐渐变深时，她稍稍有些沉闷，或者是不安，肌肉神经质地抽搐，说话时的迟疑踌躇和慌乱都表明，这可怜的女士在说谎——要相信这一点确实是痛苦的。想当年，她也曾自由地捕钓鲑鱼；而如今，为了迅速顾及那使她丈夫的眼睛放出油腻腻的光芒的对权力和统治的渴望，她束缚、挤压、克制、修剪自己，她退缩一旁，只能偷偷一看。因此，尽管她并不知道究竟是什么使晚宴变得令人不快，并且引起她头昏脑涨的感觉（这也许可以归咎于专业性的谈话，或由于一个大医生过于劳累，布拉德肖夫人说过，一位大医生的生命“属于他的病人而不属于他自己”），反正晚宴是令人不快的。所以钟敲十下后，客人甚至是带着狂喜呼吸着哈利街上的空气的；然而他的病人却不能得到这种解脱。

在那间墙上挂着画、放着贵重家具的灰色房间里，在毛玻璃的天窗下，病人们获知自己越界的程度；他们蜷缩在扶手椅中，看着他为了他们的利益用胳膊进行一种奇怪的练习：他突然伸出双臂，又突然地将它们收回臀部，以证明（如果病人固执的话）威廉爵士能控制自己的动作，而病人则不能。在那间屋子里，一些软弱的人挺不住，哭了起来，顺从了；另一些人则受到了天知道什么样狂烈的疯劲的鼓舞，当面骂威廉爵士是个该死的骗子；并且更为大不敬地质问起生活本身来，他们要求知道为什么要活着。威廉爵士回答说因为生活很美好。毫无疑问，对于布拉德肖夫人是这样，她那戴着装饰着鸵鸟毛的帽子的画像就挂在壁炉台的上方，至于说他的收入嘛，一年有一万两千来英镑呢。但是对于我们来说，他们反驳道，生活可没有这么慷慨。他默认了。他们缺乏均衡感。也许，说到底，上帝并不存在？他耸了耸肩。总之，这活与不活难道不是我们自己的事吗？可是他们正是在这一点上错了。威廉爵士在萨里有一个朋友，在那儿他们教授着一种威廉爵士坦白地承认是非常困难的艺术——具有均衡感。此外还有家人间的感情、荣誉、勇气、光辉的事业。威廉爵士是这一切的坚定卫士。如果这一切使他失望，他就不得不支持警察和社会的善心，在萨里，威廉爵士平静地说，这些力量会负责将主要因出身低贱而引起的反社会冲动压制住。然后那位女神会从她藏身之处悄悄出来，登上她的宝座，她的贪婪的欲望是镇压反对力量，在他人的祭坛上永不磨灭地烙上自己的形象。精疲力竭、无亲无故的人们，既无防备，又无保护，便接受了威廉爵士的强有力的意志。他猛扑上去；他贪婪吞噬。他把人关起来。正是这种决心和人性的结合才使他的受害者的亲属对他倍感亲切。

可是雷齐娅·沃伦·史密斯却在沿哈利街走去时高喊她不喜欢那个人。

哈利街的时钟在一点点地咬啮着这个六月天，把它切成条，割成片，分了再分，钟声在劝人顺从、维护权威，并齐声指出均衡感的无比优越，直到大量的报时声减弱到只有挂在牛津街一家商店上方的广告钟亲切而友好地宣告现在已是一点半了，仿佛对里格比和朗兹公司来说，能免费提供时间信息是件愉快的事。

抬头看去，似乎里格比和朗兹这两个姓中的每一个字母代表着一个时辰；人们会下意识地感谢他们提供为格林尼治天文台认可的标准时；而这种感激（休·惠特布莱德在那个橱窗前闲逛时，心里就是这么琢磨来着）自然会用以后到里格比和朗兹公司去购买鞋或袜的形式表现出来。他就是这样琢磨的。这是他的习惯。他并不深入思考。他只是触及表面；已经死亡了的语言啦，正在使用着的语言啦，在君士坦丁堡、巴黎、罗马的生活啦；骑马、射击、打网球，这些他都曾经涉及过。心怀恶意的人声称他现在穿着短裤和长筒丝袜在白金汉宫站岗，谁也不知道看守的是什么。但是他非常胜任这工作。五十五年来他一直在英国上流社会中活动。他认识几位首相。听说他对他们感情很深。如果说他从未参加过当时的任何伟大运动或担任过要职的话，有一两件小改革却应记在他的功劳簿上；其中之一是改善庇护所；另一项是保护诺福克郡的猫头鹰；女仆们有理由要感谢他；写署名信给《泰晤士报》来争取基金、呼吁公众保护环境、清除乱丢在公共场所的垃圾、减少吸烟、消灭公园中的不道德行为，等等，这些都使人不得不肃然起敬。

一点半钟的报时钟声逐渐消失，这时他在橱窗前停留了片刻，带着挑剔和权威性的眼光看着里面的鞋袜。他一表人才，无懈可击，殷实富有，仿佛他从某个显赫的高处俯视世界，而且衣着打扮与之相称；但他意识到他因身份、财富、健康所需承担的义务，故即使在并非绝对必需的情况下也谨小慎微地注意小小的礼貌、老式的礼节，这些都使他的举止显得高贵，使人可以去模仿，并因此而记住他。比方说，他和认识了已经二十年的布鲁顿夫人一起吃午餐时，绝不会不带一束康乃馨花伸手献给她，并向布鲁顿夫人的秘书布拉什小姐问候她在南非的兄弟，尽管布拉什小姐缺乏任何女性的魅力，却不知为何对他的问候非常反感，只说“谢谢，他在南非过得很好”，而其实六年以来他一直在朴次茅斯过得十分潦倒。

布鲁顿夫人本人更喜欢理查德·达洛维，他紧跟着也到了。其实他们俩是在门口碰上的。

布鲁顿夫人当然更喜欢理查德·达洛维。他是块好得多的材料。可是她不会允许他们贬低她可怜的休。她永远也不会忘记他的好心肠——他心肠确实是特别好——她记不得是在什么具体的场合下了，但是他确实是——心肠特别好。反正，两个男人之间的区别没有什么重要。她从来也看不出像克拉丽莎·达洛维那样，把人搞得体无完肤，然后又缝合起来，这种做法有什么意义；至少当你已经六十二岁的时候没有什么意义。她棱角分明的脸上带着严厉的微笑接过休的康乃馨。她是把他们骗到她这儿来帮她摆脱困境的——

“不过让我们先吃饭吧。”她说。

于是，戴着围裙和白帽子的女仆开始无声而优美地在弹簧门间进进出出，并不需要这些侍女，但她们是协助梅费尔地区的女主人在一点半到两点之间惯常演出的神秘剧或大骗局的行家里手。那时，只要一挥手，一切往来交通都停止下来，代之以意味深长的幻想，首先是关于食物——不用花钱；然后餐桌上自动摆满了玻璃杯和银餐具，小垫子，红色水果图案的小碟子；薄薄地涂了一层奶油的棕色比目鱼；蒸锅里浮着鸡块；炉火熊熊，发出一般家庭中少见的斑斓色彩，在葡萄酒和咖啡（不用花钱）力量的作用之下，欢快的幻景浮现在沉思着的眼睛前；是温和地怀着推测的眼睛；是感到生活显得悦耳和神秘的眼睛；是现在燃起光芒亲切地观赏着被布鲁顿夫人（她的动作总是棱角分明的）放在了她的盘子旁边的红色康乃馨花之美的眼睛；休·惠特布莱德感到自己与整个宇宙和谐融洽，同时对自己的地位具有完全的把握，于是放下叉子，说道：

“让花衬托在你衣服的花边上不是会非常可爱吗？”

布拉什小姐对他的放肆极其反感。她认为他是个教养极差的鄙俗之徒。她使布鲁顿夫人笑了起来。

布鲁顿夫人举起了康乃馨，僵直地捧着，和她背后的那幅画上的将军捧着纹章绶带的姿态差不多；她一动不动，呆在那里。理查德·达洛维心中自问，她究竟是将军的曾孙女，还是玄孙女？罗德里克爵士，迈尔斯爵士，塔尔波特爵士——没错。真是奇怪，在那个家族里是女人把相貌的特征保留了下来。她本人就应该是龙骑兵的将军才是。而理查德会高高兴兴地在她手下服役；他对她有着最大的尊敬；他对出身名门生活富裕的老妇人怀有着罗曼蒂克的想法，并且，以他那平和的性格，很想把他认识的几个鲁莽的年轻人带来和她共进午餐；仿佛和蔼可亲、热衷喝茶的人能够培养出她这种类型的人似的。他了解她的故乡。他了解她的家人。她老家有一架葡萄，仍然在结果，不是洛夫莱斯[1]就是赫里克[2]——她自己从不读诗，不过传说就是这么说的——曾在那葡萄架下坐过。最好等一等再对他们提出那个使她不安的问题吧（是关于向公众提出呼吁的事，是否提，如果要提该如何措辞，等等），最好等到他们喝完咖啡以后，布鲁顿夫人心里想；于是她把康乃馨重又放回到了盘子旁边。

“克拉丽莎好吗？”她突然问道。

克拉丽莎总是说布鲁顿夫人不喜欢她。确实，布鲁顿夫人有这样的名声：她对政治的兴趣胜过对人的兴趣；她讲起话来像个男人；她曾染指八十年代的一个臭名昭著的阴谋，这个事件现在开始在回忆录中被提到。肯定无疑的是，她的客厅里有一个小凹室；凹室里有一张桌子；桌子上有现已去世的将军塔尔波特·穆尔爵士的一张相片；就是在这里，当着布鲁顿夫人的面（那是八十年代的一个晚上），在她知晓的情况下，也许还出了点主意，将军草拟了一份电报，在某个历史时刻命令英国军队向前挺进（她保留下了那支笔，并向人们讲述这一事件）。正因为如此，在她漫不经心地说“克拉丽莎好吗？”时，丈夫们很难使妻子相信她对女人会真正关心，并且，无论他们对布鲁顿夫人如何忠心，也在暗自怀疑这一

1 洛夫莱斯（1618—1658），英国诗人。
2 赫里克（1591—1674），英国诗人。

点；女人们总是碍丈夫的事，阻止他们接受海外的职务，会期只过了一半就不得不因她们得了流感而把她们带到海滨去疗养。虽然如此，女人们认为，“克拉丽莎好吗？”毫无疑问是来自一个对她们怀有良好祝愿的人的表示，来自一个几乎沉默无言的伙伴，她说的话（在一生中也许有六次）意味着她承认某种女性间的亲密情谊，它深于款待男人的午宴，把布鲁顿夫人和达洛维太太这两个很少见面、就是见了面也显得冷淡甚至怀有敌意的女人奇特地联结在了一起。

“今天早上我在公园碰见了克拉丽莎。”休·惠特布莱德说，一面埋头猛吃蒸锅里的鸡块；他急于小小地夸一下自己，因为他只要到伦敦来就会马上碰到所有的人；可是他真贪吃，米莉·布拉什心里想，是她认识的最贪吃的人之一；布拉什小姐以坚定不移的严正态度观察男人，能够保持不变的忠诚，特别是对自己同性别的人；虽然她自己皮肤坑洼不平，骨瘦如柴，全然没有女性的魅力。

“你知道谁现在在伦敦吗？”布鲁顿夫人突然想了起来，“我们的老朋友彼得·沃尔什。”

大家都微微一笑。彼得·沃尔什！米莉·布拉什心想，达洛维先生是真的高兴；而惠特布莱德先生只想着盘子里的鸡。

彼得·沃尔什！三个人——布鲁顿夫人、休·惠特布莱德和理查德·达洛维——全都想起了同一件事：彼得曾经怎样陷入热恋、遭到拒绝、远走印度、经历惨败、陷入困境；而理查德·达洛维还非常喜欢这个亲爱的老家伙。米莉·布拉什看出了这一点；她在他棕色的眸子里看到了深情；看到他踌躇、思考，这引起了她的兴趣，她向来对达洛维先生很感兴趣，她心想，关于彼得·沃尔什，他在想些什么呢？

想的是，彼得·沃尔什曾经爱过克拉丽莎；他午饭后要直接回家去找克拉丽莎；他要明明白白地告诉她他爱她。是的，他要这样说。

米莉·布拉什一度曾几乎爱上这种沉默的时刻；而且达洛维先生总是这样可靠；还是这样一个谦谦君子。如今她已年届四十，布鲁顿夫人只要点一下头，或突然稍一回头，米莉·布拉什都能领会她的意思，无论她当时处于怎样沉思冥想的状态；这是生活无法欺骗的、未被腐蚀的心灵的超然的沉思，因为生活从未给予她任何有价值的东西；没有给她漂亮的鬈发、笑容、嘴唇、面颊、鼻子；什么也没有给她；布鲁顿夫人只要点一下头，她就会指示珀金斯赶快上咖啡。

“是的，彼得·沃尔什回来了。”布鲁顿夫人说。这使大家都有那么点得意。他回来了，备受打击、一无所成地回到了他们安全的岸上。但是，他们想，他们帮不了他；他性格中有着某种缺陷。休·惠特布莱德说，当然他们可以向某某人提起他的名字。他一想到可能要给政府机关的负责人们写信，提起“我的老朋友彼得·沃尔什”，等等，就做出一副悲哀而自负的样子皱起了眉头。但是不会有什么结果的——不会有什么长久的结果，因为彼得的性格的缘故。

“和一个女人有了什么麻烦。”布鲁顿夫人说。他们早已猜到这就是事情的关键。

“不过，”布鲁顿夫人急于摆脱这个话题，说道，“我们会从彼得本人嘴里听到全部情况的。”

（咖啡上得可真慢。）

“他的地址是什么？”休·惠特布莱德咕哝着问道；这立刻在日复一日冲刷着布鲁顿夫人的灰衣仆人中激起了一阵涟漪，他们为她收领物品、拦截干扰，将她包围在一层精密的织物之中，能缓和震动、减轻打搅，在布鲁克街的宅子里铺开一张密网，一切东西各有所归，灰白头发的已在布鲁顿夫人身边干了三十年的珀金斯能马上准确地拣出所需之物。这时他写下了地址，交给了惠特布莱德先生，后者拿出笔记本，抬了抬眉毛，把地址夹在了最重要的文件中间，说他会让伊芙琳请他来吃午饭。

（仆人们等着惠特布莱德先生吃完后好上咖啡。）

休吃得真慢，布鲁顿夫人心里想。她注意到他发胖了。理查德总是保持着最佳状态。她开始感到不耐烦了；她的全部身心都在肯定地、无疑地、专横地把所有这些不必要的琐事推在一边，以倾注在占据了她注意力的那件事上，那件事不仅占据了她的注意力，而且占据了构成她灵魂的主宰的物质，即她身上最本质的部分，没有了这个，她米莉森特·布鲁顿就不成其为米莉森特·布鲁顿了；那件事就是计划把出身体面人家的男女青年移民到加拿大，并帮助他们确立良好的发展前景。她言过其实了。也许她失去了均衡感。对于别人来说，移民并不是明显的良药，也不是至高无上的设想。对于他们来说（对休、理查德，甚至对忠心耿耿的布拉什小姐来说都是如此）这也不能使被压制的自我中心思想得到释放，而像布鲁顿夫人这样一个健壮勇武、营养充足、出身名门、直率冲动、感情外露、缺乏内省（明朗而单纯——为什么不能每个人都明朗而单纯呢？她问道）的女人，却感到一旦青春过去，自我中心的思想就在她内心涌起，必须朝某个目标发泄——可能是移民，可能是解放；不论是什么，她的灵魂每天都围绕着这个目标分泌出精华，使其注定变得灿烂夺目、光华可鉴、半是镜子、半是宝石；时而小心藏起怕人嘲笑，时而又将其骄傲地展示。总之，移民在很大程度上已变成了布鲁顿夫人的一部分。

但是她不得不写信。她常对布拉什小姐说，给《泰晤士报》写一封信比组织一个到南非的远征队还要费劲（她在战时组织过）。在整个一上午的写了撕、撕了写的战斗以后，她常感到自己作为一个女性的无用，这是她在任何别的时候都没有感到过的；这时她就会满怀感激地想到休·惠特布莱德，他拥有给《泰晤士报》写信的艺术——这是谁也无法怀疑的。

一个和自己的素质完全不同的人，对语言是如此精通，能按编辑之所好来措辞写文章；具有你无法简单称之为贪婪的热情。出于对男人和宇宙规律间神秘的谐和关系的敬重——女人没有此种谐和——布鲁顿夫人常常不急于对他们做出判断；他们知道如何措辞；理解别人的意思。因此，如果理查德给她出主意，休给她写信，她就可以肯定多少会有几分道理。于是她让休吃他的蛋奶酥；问候可怜的伊芙琳；直等到他们吸烟的时候才说道：

“米莉，你去把信纸拿来好吗？”

于是布拉什小姐走了出去，然后回到房间里；把信纸放在桌子上；休拿出了他的钢笔；他的银钢笔，已经用了二十年了，他说，一面拧开了笔帽。这笔仍然完好无损；他拿去给制造厂家看过；他们说这笔没有任何磨损的理由；这多少要归功于休，以及他这支笔所表达的思想感情（理查德·达洛维是这样认为的）。休开始认真地写下了花体大写字母，字母与字母的间隔处还带圈；他就这样奇迹般地把布鲁顿夫人紊乱的思绪变成了意义清楚、合乎语法的文字，布鲁顿夫人看着这奇迹般的变化，感到连《泰晤士报》的编辑对此也必定会尊敬的。休写得很慢。休很固执。理查德说人总得冒点险。休建议为了照顾人们的感情而写得和缓一些，当理查德笑他时，休尖刻地说，人们的感情“是必须考虑的”，并且念了他写的如下一段：“因此，我们认为时机已经成熟……在我们不断增长的人口中那些过剩的青年……是我们对死者应尽的责任……”理查德认为这都是些废话，当然写进去也没有什么坏处，休则继续起草信稿，按A、B、C、D将崇高的思想一条条列出，一面掸掉落在背心上的雪茄烟灰，并不时总结一下进展情况，最后终于写完信稿，念了一遍，布鲁顿夫人肯定这是一篇杰作。她自己的意思听起来会是那样的吗？

休不能保证编辑肯定会把信登出来；但是他将在午餐会上见到某位人物。

听到此话，很少有优雅之举的布鲁顿夫人把休给她的康乃馨花全都塞在衣服的胸口上，两只手向外一张，把他叫作“我的首相”！她真不知道没有他们俩她该怎么办。他们站起身来。理查德·达洛维一如既往，溜达过去看一眼将军的画像，因为他打算一有空就写布鲁顿夫人的家史。

米莉森特·布鲁顿对她的家族是非常自豪的。但是她看着画像，说，他们可以等一等，他们可以等一等；意思是说，她的家族成员都是文官武将，海军军官，是实干家，他们都已尽到了自己的职责；理查德的第一职责是对国家的职责；不过那是一张杰出的脸，她说；所有的档案材料都准备好了，在奥尔特密克斯顿，到时候理查德要写就可以用；她是指等工党政府垮台以后。“啊，看看从印度来的消息吧！”她大声说道。

后来，当他们站在过厅里从孔雀石桌上的一个大钵中拿起黄手套时，休以完全没有必要的殷勤送给布拉什小姐一张没有人要的什么票，或这一类的小意思，布拉什小姐从心底里反感这些事，脸涨成了砖红色。

理查德手里拿着帽子，转身对着布鲁顿夫人说道：

“今晚能在我们的晚宴上见到你吧？”听了这活，布鲁顿夫人恢复了被写信破坏了的高贵风度。她可能来，也可能不来。克拉丽莎的精力真了不起。宴会真让布鲁顿夫人害怕。话又说回来，她越来越老了。她站在门口这样表示道，她站得笔直，优雅端庄；她的小狗平躺在她身后，布拉什小姐手里拿满了纸张文件退到了不显眼的地方。

布鲁顿夫人缓慢而端庄地走上楼到自己的房间里去，躺在了沙发上，一只胳膊直伸着。她叹了口气，发出了鼾声，她并没有睡着，只觉得昏昏欲睡，昏昏欲睡，就像在这炎热的六月天在骄阳暴晒下的一块苜蓿地，无数蜜蜂在四周飞来飞去，还有黄蝴蝶。她总是回想起德文郡的那些田野，那时她骑着她的小马帕蒂，和兄弟莫蒂默及汤姆一起跃过溪流。还有那些狗；那些老鼠；她的父母坐在草坪的树荫下，茶具也摆在外面；还有种着大丽花、蜀葵、蒲苇的花坛；而他们这些小捣乱总是淘气不堪！偷偷从灌木丛里钻回来好不让人看见，衣服因为恶作剧而弄得又脏又乱。听听老保姆总是怎样唠叨她把衣服搞脏了啊！

哎呀，天哪，她想起来了——现在是布鲁克街的星期三。那两个好心人理查德·达洛维和休·惠特布莱德在这个大热天穿过条条大街走了，街上的喧嚣声一直传到躺在沙发上的她的耳边。她有权势、地位、收入。她曾生活在她的时代的前列。她曾有过好朋友；结识过当年最有才干的男人。伦敦嗡嗡的市声不断向她涌来，放在沙发靠背上的手握在了一根想象中的、如她的祖先可能握过的那种官杖上，她昏昏欲睡地握着这官杖，仿佛统帅着部队向加拿大挺进，而那两个好心人正在伦敦穿街过巷，去到他们的领地，那片小地毯似的地方，梅费尔。

他们离她越来越远了，他们和她之间有一条细细的线连接着（因为他们和她一起吃了午饭），在他们穿过伦敦的时候，这条线会越拉越长，变得越来越细；似乎在一起吃过午饭后就有一条线把你的朋友和你的身体连接了起来，这条线（在她打瞌睡的时候）伴随着报时的钟声或教堂召集人们去做礼拜的钟声变得朦胧模糊了起来，就像一根蜘蛛丝落上了雨点，在重压下弯垂下去。她于是就这样睡着了。

正当米莉森特·布鲁顿躺在沙发上，听任那条细线绷断，打起呼噜来的时候，理查德·达洛维和休·惠特布莱德却在管道街的拐角处犹豫不决。街角处，两股从相反方向刮来的风在搏击。他们朝一家商店的橱窗里看；他们并不想买东西或交谈，他们只想分手，仅仅因为两股从相反方向刮来的风在街角搏击，以及早晨与午后两股力量汇集成一个旋涡使体内的精力之潮水有所下降，他们才停下脚步。某家报纸的广告飞上了天空，一开始像只风筝，风度翩翩，后来停顿了一下，颤颤悠悠地扑了下来；一块女人的面纱挂在那儿。黄色的遮篷抖动着。车辆比上午减少了，常有单辆马车在半空的街道上毫不在意地嘎嘎驶过。在理查德·达洛维半心半意地想着的诺福克郡里，一股温暖的轻风把花瓣吹得合拢起来，搅起水面的涟漪；吹皱了开满鲜花的草地。晒干草的人在干了一上午活后，已在树篱下小睡休息过，这时拨开绿色的叶片和一丛丛颤动着的欧芹仰望天空，夏日那蔚蓝的、不变的、光辉的天空。

理查德意识到自己正在看着一只詹姆士一世时期[1]的双柄银杯，而休·惠特布莱德以行家的姿态倨傲地欣赏着一条西班牙项链，他想去问一下价钱，也许伊芙琳会喜欢的——即便如此，理查德仍感到发木，既不能思考又不能移动。生活制造出了这些渣滓；橱窗里满是五颜六色的人造宝石，人们站在那儿往橱窗里看，像毫无生气的老人般拘谨，像僵化的老人般呆板。伊芙琳·惠特布莱德可能会想买这条西班牙项链——说不定她会的。他可非得打哈欠不可了。休正在走进商店里去。

1　指英王詹姆士一世统治的时期（1602—1625）或泛指17世纪早期英国文艺复兴时代的艺术风格。

“你做得对！”理查德说着跟了进去。

老天知道他并不想和休一起去买项链，但是体内有着精力之潮水。早晨与午后相遇。像一叶脆弱的小舟在深深的、深深的洪流中浮沉，布鲁顿夫人的曾祖父和他的回忆录以及他在北美的战役都被吞没、沉到了水底。米莉森特·布鲁顿也一样。她也沉了下去。理查德根本不关心移民一事的结果；也根本不关心那封信以及编辑是不是会把信登出来。那串项链伸展在休的令人称羡的手指之间。如果他非得买首饰不可，就让他送给一个姑娘吧——街上随便哪个姑娘，随便哪个都行。因为理查德确实强烈地感到这种生活——给伊芙琳买项链——是多么没有价值。如果他有个儿子，他会对他说，工作，工作。可是他有了伊丽莎白；他非常爱他的伊丽莎白。

“我想见一见迪博内先生。”休用他那老于世故的口气简短地说。原来这位迪博内有惠特布莱德太太颈围的尺寸，或者说更为奇怪的是，他知道她对西班牙首饰的观点，以及她对这类首饰的拥有情况（休记不得了）。这一切在理查德·达洛维看来都非常怪。因为他从来不给克拉丽莎礼物，只有在两三年前给过她一只手镯，但很不成功。她从来没有戴过。一想起她从来没有戴过这手镯他心里就很难过。就像一根蜘蛛丝在飘来摆去后附着在了一片叶尖上，理查德的心灵从了无生气的状态中恢复了过来，这时集中在他的妻子克拉丽莎的身上，彼得·沃尔什曾这样热烈地爱过她；理查德眼前突然出现了她在吃午餐的景象；他自己和克拉丽莎的景象；他们共同生活的景象；他把一盘古旧的首饰拉到自己面前，一会儿拿起这枚胸针，一会儿又拿起那只戒指，“这个多少钱？”他问道，但是又怀疑自己的眼光。他希望能打开客厅的门，走进去时伸出的手里拿着什么东西，一件给克拉丽莎的礼物。问题是什么礼物呢？但休又开始走动了。他真是自负得没法说。真是的，和这家店打了三十五年的交道了，他才不会让一个对生意一窍不通的毛孩子来敷衍搪塞他呢。看来迪博内不在，不到迪博内先生愿意待在店里的时候他是什么东西也不会买的；那个小伙子听后脸涨得通红，对他端端正正地鞠了个躬。一切都非常得体。然而就是要他的命理查德也不会这样说的！他真不明白。

他们怎能容忍休那该死的傲慢态度。休正在变成一头令人无法忍受的蠢驴。和他在一起理查德·达洛维顶多能忍受一个小时。理查德轻轻弹了一下圆顶硬礼帽算是告别，就在管道街口拐了弯，他急切地，是的，非常急切地要沿着连接他和克拉丽莎的那根蜘蛛丝走去。他要径直走到威斯敏斯特她的身边去。

可是他想要在走进家门时拿着什么东西，鲜花吗？好，鲜花，因为他对自己在黄金首饰方面的鉴赏力没有信心；随便多少枝花都可以，玫瑰、兰花，来庆祝不管你怎样考虑都比较重大的一件事；他们在午餐间谈起彼得·沃尔什时他对她的感情；而他们从来不谈起这种感情；很多年都没有谈过了；他手里紧握住他的红玫瑰和白玫瑰（用薄纱纸包着的一大捧花），心里想，这是世界上最大的错误。最后变得说不出口了；不好意思说了，他想道，一面把找给他的一两个六便士硬币放进口袋，然后把那一大把鲜花捧在胸口向威斯敏斯特走去，去把鲜花献给她，直截了当地对她说（无论她对他会怎么想）“我爱你”。为什么不呢？想到战争，他觉得真是个奇迹，成千上万个可怜的家伙年纪轻轻地就被堆在一起埋掉了，现在已大半被遗忘；他却在这里穿过伦敦，去向克拉丽莎直截了当地说他爱她，这真是个奇迹。他想，他从来没有说出过这句话，部分是由于懒惰，部分是由于羞涩。而克拉丽莎——想象她是很困难的，除非在一些突然的时刻，比如在午宴时，他很清晰地看到了她；看到了他们的全部生活。他在路口停了下来；他反复说——由于他天性单纯，道德上未被腐化，由于他跋涉过、开过枪；他执拗顽强，支持被压迫者，在下议院中按天性行事；他保持了自己的单纯的本性而同时却变得沉默寡言，拘谨生硬——他反复说，他娶了克拉丽莎真是个奇迹；一个奇迹——他想，他的生活就是个奇迹；犹豫着是否要过马路。但是看到五六岁的小家伙们独自穿过皮卡迪里时他愤怒极了。警察应该立刻让车辆停下来。他对伦敦的警察不抱任何幻想。实际上，他正在搜集警察利用职权为非作歹的证据；那些卖蔬菜水果的小贩，不允许他们把手推车停在街上；还有妓女，上帝啊，过错不在她们身上，也不在年轻的嫖客身上，而在于我们可恶的社会制度，等等；当头发灰白、态度顽强、衣冠楚楚、干净利落的他穿过公园，要去告诉妻子他爱她时，他在考虑着这一切，能够看得出来他在考虑这一切。

当他走进房间时，他要直截了当地说出来。因为他想，永远不把自己的感情说出来简直太遗憾了，他一面想着一面穿过格林公园，并高兴地注意到，许多贫困的家庭全家人一起随意在树荫下或坐或躺；孩子们向上踢着腿，吮吸牛奶；到处扔着纸口袋，如果有人对此有意见，只要那些穿着制服的大胖先生中的一个去捡一下就行了；因为他认为，在夏季的月份里，每一个公园，每一个广场都应向儿童开放（公园里的草被照得时亮时暗，映出威斯敏斯特地区穷苦的母亲和她们在地上爬行的婴儿，仿佛有一盏黄色的灯在下面移动）。可是对于他能给女流浪者什么帮助，他就不知道了；比如像那个可怜的女人，胳臂肘撑着躺在地上（好像她摆脱了一切的束缚，身子往地上一扑，来好奇地观察、大胆地推测、思考一切的因由；她说话无礼、冒失幽默）。理查德·达洛维像捧着件武器般捧着花走近那个女人，专心致志地从她面前走过；然而仍有瞬间在他们之间闪现了火花——她看到他那样子笑了起来，他也和气地微微一笑，心里思考着女流浪者这个问题；当然他们永远不会交谈。但是他要告诉克拉丽莎他爱她，直截了当地告诉她。从前他曾经嫉妒过彼得·沃尔什；嫉妒他和克拉丽莎。但是她常常对他说，她没有嫁给彼得·沃尔什是对的；他了解克拉丽莎，所以知道她说的显然是真心话；她需要支持。这倒并不是因为她软弱；但是她需要支持。

至于说白金汉宫嘛（像一个年老的歌剧女演员，穿一身白装面对观众），你不能否认它具有某种庄严气派，他这样想道，对于千百万人（有一小群人正等在门外看国王乘车出宫呢）它毕竟是个象征，尽管这很荒唐可笑，因此也不应鄙视它；一个小孩子用一盒积木搭出的东西也会比它更好看，他想道；他看着维多利亚女王的纪念碑（他还能记得女王戴着角质镜框的眼镜乘车穿过肯辛顿的情景），看着那白色的象征王权的宝球和慈母般富态的身体；他喜欢受霍萨[1]后裔的统治；他喜欢延续性，以及将过去的传统传于后世之感。他所生活的是一个伟大的时代。真的，他自己的生活就是个奇迹；在这一点上他可得明白；你看这是他，正当壮年，现在正在走回威斯敏斯特的家中，去告诉克拉丽莎他爱她。他想，这就是幸福。

就是幸福，他说着走进了教长广场。大本钟开始报时了，先是悠扬的预报音乐，然后是一往无前的报时钟声。他走近家门时心里在想，午宴浪费掉了整个下午的时间。

大本钟的钟声涌进了克拉丽莎的客厅，她心里十分恼火地坐

---

1 霍萨（？一约 455），和亨吉斯特（？一约 488）是弟兄，相传为第一批迁到不列颠的盎格鲁—撒克逊人的领袖，建立了肯特王国。肯特的历代国王都是他们的后裔。

在客厅写字台旁；很担心，很恼火。确实，她没有邀请埃莉·亨德森参加她的晚宴；她是故意没有请她。现在玛沙姆太太却写信说："她告诉了埃莉·亨德森，她想请求克拉丽莎——埃利非常希望能够参加。"

可是她为什么该把伦敦所有的没意思的女人都请来参加她的晚宴呢？为什么玛沙姆太太要干涉她的事？还有伊丽莎白这么长的时间一直和多丽斯·基尔曼一起关在房间里。她简直想不出比这更让人恶心的事了。在这样的时刻和那样一个女人一起祈祷！大本钟那令人伤感的声波涌满了屋子，渐渐退去，又重新聚集起来再次涌入。这时，她心烦意乱地听到了什么东西窸窣刮擦门的声音。这个时候会是谁呢？三点钟了，老天爷！已经三点了！因为大本钟这时以其压倒一切的力量直截了当地、极端威严地敲了三下；她什么别的声音也没有听见；但是门把手转动了，理查德走了进来！真是意想不到的事！理查德走了进来，把捧着的鲜花伸向她。她曾经使他失望过，一次是在君士坦丁堡；据说布鲁顿夫人的午宴非常有意思，但是没有请她。他把鲜花伸向她——玫瑰花，红色和白色的玫瑰花。（但是他仍无法使自己说他爱她；无法直截了当地说出来。）

啊，多漂亮，她说着接过了花。她明白；他不用说她也明白；他的克拉丽莎。她把花放在壁炉台上的花瓶里。她说，多么好看呀！午宴有意思吗？她问道。布鲁顿夫人问候她了吗？彼得·沃尔什回来了。玛沙姆太太来信了。她非得请埃莉·亨德森不可吗？那个女人基尔曼在楼上。

“让我们一起坐上五分钟吧。”理查德说。

房间看上去空落落的。所有的椅子都靠墙放着。他们都干了些什么呀？啊，是为了准备晚宴；不，他没有忘记那晚宴。彼得·沃尔什回来了。啊，是的；他已经来过了。他打算离婚；他爱上了那边的一个女人了。他一点也没有变。她就在那儿，缝补她的裙衣……

“心里想着伯顿。”她说。

“休也去参加午宴了。”理查德说。她也遇见他了！咳，他变得简直让人无法忍受。给伊芙琳买什么项链；越来越胖；让人无法忍受的蠢驴。

“当时我突然想到，‘我差点和你结了婚’，”她说，一面心里想着彼得戴着他的小蝴蝶领结坐在那儿的情形；还拿着那把折刀，不断打开、关上，“你知道，他向来就是这样。”

理查德说，他们在午餐时谈起了他。（可是他无法对她说他爱她。他握着她的手，心里想，这样很幸福。）他们替米莉森特·布鲁顿写了一封给《泰晤士报》的信。休也只适于干这种事。

“我们那亲爱的基尔曼小姐呢？”他问道。克拉丽莎觉得玫瑰花美极了；起初簇拢在一起；现在自己分散开了。

“基尔曼在我们刚吃完饭的时候就来了，”她说道，“伊丽莎白看见她脸就红了。她们把自己关在房间里。想来她们在祈祷吧。”

上帝！他可不喜欢这事；不过如果你随它去，这种事就会过去的。

“她穿着防水布外衣拿着雨伞。”克拉丽莎说。

他没有说“我爱你”；但是他握着她的手。幸福就是这样，就是这样，他想道。

“可是我为什么该把伦敦所有没意思的女人都请来参加我的晚宴呢？”克拉丽莎说。而且如果玛沙姆太太开宴会的话，不是由她邀请自己的客人吗？

“可怜的埃莉·亨德森。”理查德说道——他想，克拉丽莎竟然如此在乎她的宴会，真是奇怪。

但是理查德根本不知道房间应该布置成什么样子。然而——他刚才想说什么来着？

如果她老为这些宴会烦恼担心的话，他就不让她举行了。她是不是希望当年嫁给了彼得？不过他得走了。

他得走了，他说着站了起来。可是他在那里站了一刻，好像要说什么；她心里琢磨，他要说的是什么呢？为什么？那儿有那些玫瑰花。

“是哪个委员会开会的事吗？”他开门时她问道。

“关于亚美尼亚人。”他说；也许是“阿尔巴尼亚人”。

人都有一份尊严；一份孤独；即使在夫妻之间也有一道鸿沟；这是你必须尊重的，克拉丽莎看着他开门时想道；因为你自己不愿放弃它，也不愿违背丈夫的意志去夺取它，否则就会失去你的独立，你的自尊——毕竟这是无价之宝。

他拿着一个枕头一床被子回到了房间里。

“午餐后要彻底休息一个小时。”他说。然后就离开了。

他就是这样一个人！他会不断地说“午餐后要彻底休息一个小时”直到末日为止，就因为有个医生曾经这样要求过。他就是这样会一丝不苟地按医生说的去做；这是他可爱的、非凡的、淳朴的一个部分，谁也不会可爱、淳朴到这个程度；这使他去干要干的事情，而她和彼得却把时间浪费在小事的争吵上。理查德把她在沙发上安顿好，让她欣赏他的玫瑰花后，现在已经走在去下议院的半路上了，要去讨论他的亚美尼亚人，讨论他的阿尔巴尼亚人。大家会说：“克拉丽莎·达洛维给惯坏了。”她对她的玫瑰花要比对亚美尼亚人关心得多。他们是暴行和非正义行为的受害者，被驱赶得无处容身、被残害、饥寒交迫（她曾听到理查德一再这样讲）——而她对阿尔巴尼亚人感觉不到任何同情——也可能是亚美尼亚人吧？但是她爱玫瑰花（这对亚美尼亚人没有好处吗？）——这是她能忍心看到被从枝上剪下来的唯一的花。但理查德已经到了下议院了；他已替她解决了所有的困难，现在在开他的委员会了。不过不对，哎呀，不是这样。他没有明白她不愿请埃莉·亨德森的原因。当然，他希望请她，她会这样去做的。既然他已经把枕头拿来了，她就躺一会儿吧。……可是——可是——她为什么突然无缘无故地感到这么悲伤呢？她像个把一粒珍珠或钻石掉在了草丛里的人，小心地拨开这边那边的高高的草叶，这里那里到处寻找也找不着，最后终于在一些草根中发现了；她就是这样一桩一桩事情回想着；不，不是由于莎利·西顿说过，理查德有个二流的脑子，所以永远不可能进入内阁（她想起了这话）；不，她并不介意这一点；和伊丽莎白及多丽斯·基尔曼也没有关系；那些都是现实的存在。她有的是一种感觉，某种不快的感觉，也许是今天早些时候开始的；是彼得说的什么话引起的，加上她自己在卧室脱帽子时感到的沮丧情绪；理查德的话更加深了这种感觉，可是他究竟说了些什么呢？那儿是他给她的玫瑰花。她的晚宴！对了！她的晚宴！因为她的晚宴，他们两个人都很不公平地批评了她，很不公正地嘲笑了她。对了，就是这个原因！就是这个原因！

那么，她应怎样为自己辩护呢？现在找到了原因，她觉得非常快活。他们认为，至少彼得认为，她就爱强加于人；喜欢身边总有名人拥着她；大人物；一句话，她干脆就是个势利之辈。咳，彼得可能这样想。理查德则仅仅认为，她明知热闹激动对她的心脏不好，还那么喜欢热闹激动，实在很愚蠢。他认为她这样太幼稚了。可他们俩都想错了。她热爱的仅仅是生活本身。

“就是为了这我才举行晚宴的。”她向生活大声说道。

由于她躺在沙发上，独自幽居，不必承担任何责任，她如此明显地感觉到的这个东西变成了具体的存在物；大街上明快的声音是他身披的袍子，带着灼热的气息沙沙地吹动着窗帘。但是假如彼得对她说：“是的，是的，可是你的那些宴会——你那些宴会有什么意义？”她只能说（而且不能指望任何人会明白）：这是一种奉献；这话听起来非常含糊。但是彼得有什么资格把生活说成是一帆风顺的？——这样一个总在恋爱、总爱错人的彼得，你的爱是什么？她可以这样问他。她知道他的答案；爱如何是世界上最重要的事情，没有一个女人会理解它。很好。但是有哪个男人能理解她的意思呢？理解她对生活的看法？她无法想象彼得或理查德会毫无原因地去不辞辛劳地举办宴会。

但是，在人们所说的这一切的下面（这些判断是多么肤浅、多么支离破碎啊！），在她自己心里想得更深一点，这个她叫作生活的东西对她到底意味着什么？啊，真是奇怪得很。某某在南肯辛顿；某人在贝斯沃特；而另一个人比方说在梅费尔。她不断感到他们的存在；感到这是多么无谓的浪费；她感到多么可惜啊；她感到要是能把他们聚集在一起有多好；因此她就这样做了。这是一种奉献；去联合，去创造；但，是给谁的奉献呢?

也许，是为了奉献而做出的奉献。总之，这是她的馈赠。她没有任何别的有什么重要意义的东西了；她不会思考、写作，甚至连弹钢琴都不会，她分不清亚美尼亚人和土耳其人；爱好成功；憎恨困苦；必须要人喜欢她；净说毫无意义的废话：直到今天，如果问她赤道是什么她都不知道。

虽然如此，日子还是一天接着一天到来；星期三、星期四、星期五、星期六；她在早上醒来；看到天空；到公园散步；遇见休·惠特布莱德；然后彼得突然走了进来；然后是这些玫瑰花；这就足够了。在这之后，死亡是多么令人难以相信！——一切必须结束；而全世界没有一个人会知道她曾多么热爱这一切；每一个时刻都是如何……

门开了。伊丽莎白知道母亲在休息。她悄悄地走了进来，一动不动地站着。是不是一百年前有个蒙古人在船只失事后落到了诺福克郡的海岸上（如希尔伯里太太所说的那样），也许和达洛维家的女人有了瓜葛？因为达洛维家的人一般说来是金发碧眼；而伊丽莎白则相反，黑头发；苍白的脸上长了一双中国人式的眼睛；有股东方的神秘色彩；温柔、体贴、沉静。小的时候她非常有幽默感；但现在十七岁时却变得十分严肃，克拉丽莎怎么也不明白是为什么；

像一棵被绿油油的叶子覆盖着的风信子，花苞染上淡淡一层颜色，一棵没有沐浴到阳光的风信子。

她静静地站在那里看着母亲；但门是半开着的，克拉丽莎知道门外是基尔曼小姐；穿着防水布外衣的基尔曼小姐，在听她们说话。

是的，基尔曼小姐站在楼梯平台上，是穿着一件防水布外衣；但她穿这种衣服是有道理的。首先，它便宜。其次，她已经过了四十岁了；毕竟不是为取悦于人而穿戴。再说她很穷；穷到了卑微的地步。不然她不会给达洛维家这样的人干活；不会给有钱人干活；他们喜欢表现出慈悲的样子。说句公道话，达洛维先生对她一直很和善。可是达洛维夫人就不是。她仅仅是出于恩赐而已，她来自最无价值的一个阶级——有钱阶级，只有一点肤浅的文化教养。他们家里到处是昂贵的东西；油画、地毯、大批的仆人。她认为达洛维家的人为她所做的一切完全是她应该得到的。

她受骗了。是的，这样说不是夸张，因为毫无疑问，一个女孩子应该有权利享受某种幸福吧？而她又穷又笨手笨脚的，从来没有得到过幸福。再加上她刚有可能在多尔贝小姐的学校里得到机会发展的时候，战争爆发了；在自己的看法问题上她又不会说假话。多尔贝小姐认为，基尔曼小姐如果和在德国人问题上与她看法一致的人在一起，会快活一些。她不得不离开学校。确实，她的家庭有德国血统；十八世纪时他们的姓的拼法是“Kiehlman”而不是

"Kilman";可是她的兄弟是在战场上牺牲的。学校开除了她，因为她有德国朋友，她生命中唯一的幸福日子是在德国度过的，她不肯假称德国人都是坏人！而且，她毕竟能够读历史书。她只能找到什么工作就干什么工作。达洛维先生是她在给公谊会干活时遇到她的。他让她教自己的女儿历史（他真是一片好心）。另外她还教些夜校函授之类的课。后来上帝给她显灵了（说到这一点时她总是低下头去）。她是在两年零三个月前看到圣光的。现在她不再嫉妒像克拉丽莎·达洛维这样的女人了；她对她们只有怜悯。

当她站在柔软的地毯上，看着一幅刻着一个戴皮手筒的小姑娘的旧雕版画时，她打心底里怜悯和鄙视她们。像这样处处奢侈的生活，还怎能希望情况会变得好些呢？伊丽莎白说"我妈妈在休息"，——她不该躺在沙发上，而该在工厂干活，或者站柜台，达洛维夫人和所有那些高贵的女士们都应该干这些！

满腔愤怒和不满的基尔曼小姐于两年零三个月前走进了一座教堂。她听了爱德华·惠特克牧师布道；听了唱诗班男孩唱赞美诗；看到了圣光降临。究竟是由于音乐，还是由于说话的声音（她自己在晚上独处时常常拉小提琴解闷；但她拉出来的琴声实在让人无法忍受；她没有乐感），当她坐在教堂里的时候，原来在她心中翻腾涌动的愤怒的感情逐渐平息了下来，她泪如雨下，到肯辛顿惠特克先生的私宅去拜访了他。他说："这是上帝所为。"主给她指出了道路。因此，现在每当她内心翻腾起痛苦愤怒的感情——像这种对达洛维夫人的憎恨、这种对世界的怨恨时，她就想起上帝，她就想起惠特克先生。于是平静就取代了怒气。一种愉悦的感觉充溢在血管之中，她微张着嘴唇，身穿防水布外衣令人生畏地站在楼梯平台上，以安详中带着坚定和险恶的眼光看着和女儿一起走出来的达洛维夫人。

伊丽莎白说她忘了拿手套了。其实是因为基尔曼小姐和她母亲互相憎恶对方。她无法忍受看到她们在一起。她跑上楼去找手套去了。

但是基尔曼小姐并不恨达洛维夫人。她把她那大大的醋栗色的眼睛转向克拉丽莎，观察她粉红色的小脸蛋，她娇柔的身体，她那鲜亮的上流社会的做派，基尔曼小姐的感觉是，傻瓜！笨蛋！你这个既未经历过悲伤又未享受过快乐的人；你白白浪费了自己的生命！在她的身上涌起了一股强烈的欲望：要征服她；要揭露她。如果她能打倒她，就会感到轻松些。但她希望征服的不是她的身体；而是她的灵魂及其假象；要克拉丽莎感觉到她对她的控制。要是她能够让她哭、让她毁灭、羞辱她、使她跪在地上喊叫：你是对的！那该多棒。但这是上帝的旨意，不是她基尔曼小姐的旨意。这应是宗教的胜利。于是她瞪着眼；于是她怒目而视。

克拉丽莎真的感到震惊了。这居然是个基督徒——这个女人！这个女人把她的女儿抢走了！她能与冥冥中的神灵相通！她笨重、丑陋、平庸，既不亲切和蔼，又不宽厚仁慈，却了解生活的意义！

“你带伊丽莎白去商店吗？”达洛维夫人问。

基尔曼小姐说是的。她们站在那里。基尔曼小姐不打算讨人喜欢。她向来都是靠自己干活挣钱。她在现代史方面的知识掌握得极其透彻。她的收入微薄，但还为自己信仰的事业拿出一定的数目来；而这个女人却不做任何贡献，没有任何信仰；把女儿教养得——这时伊丽莎白来了，气喘吁吁的，那个漂亮姑娘。

这么说她们要去商店。真是很怪，当基尔曼小姐站在那儿时（她确实站立在那里，带着身披铠甲准备进行一场原始战争的史前怪物的力量和沉默），克拉丽莎对她的想法随着时间一秒一秒地过去而减少，憎恨的心情（是对思想而不是对人的憎恨）消失了，基尔曼失去了她的恶毒、她的块头，随着时间一秒一秒地过去而还原了基尔曼的本来面目，身穿防水布外衣；对她，老天知道，克拉丽莎是很愿意帮一把的。

看到这个怪物在逐渐缩小，克拉丽莎大声笑了起来。她大声笑着说再见。

她们，基尔曼小姐和伊丽莎白，一起走下楼去。

克拉丽莎感到一阵突然的冲动，一阵剧烈的痛苦，因为这个女人把她的女儿抢走了；她把身体探出楼梯栏杆喊道：“记着宴会！

记着咱们今晚的宴会！”

但是伊丽莎白已经打开了前门；一辆货车正从门口开过；她没有回答。

爱情和宗教！克拉丽莎心里想着走回客厅，浑身颤抖着。这两者是多么可憎、多么可憎啊！现在基尔曼小姐的身体已不在她眼前，但这念头却压倒了她。她看到她们这样的人笨拙、激烈、专横、虚伪、偷听、嫉妒、极其残酷、肆无忌惮、穿着防水布外衣、站在楼梯平台上，真是世上最残酷的事了；爱情和宗教。她自己曾经想去改变过任何人的信仰吗？难道她不是希望每个人都自自然然地是什么样就什么样吗？她向窗外看去，看见对面的那个老太太正在上楼。如果她要上楼就让她上吧；让她停下；然后让她像克拉丽莎常常看见的那样走进卧室，拉开窗帘，然后再一次隐没不见。不知为何你会对那老太太的举止油然起敬——她看着窗外，完全没有意识到有人在看她。这景象有着某种庄严的成分——但是爱情和宗教会毁灭那灵魂的私密，不管这私密是什么。那可恶的基尔曼会毁灭它。但这个景象却使克拉丽莎直想哭。

爱情也具毁灭性。毁灭一切美好的、一切真实的东西。拿彼得·沃尔什来说吧。那是一个聪明、可爱的男人，对什么事都有自己的看法。如果你想知道，比方说，关于教皇，或者爱迪生的事，或者只想瞎扯一通，如某些人是怎样的人啦、某些事意味着什么啦，彼得比谁知道得都多。是彼得帮助过她；是彼得借书给她。但是看看他爱上的女人吧——庸俗、轻浮、平常。想一想在恋爱时的彼得吧——这么多年后来看她，可他净谈些什么呢？他自己。可怕的激情！她想道。使人卑微的激情！她想道，同时她想到了基尔曼和她的伊丽莎白正走在去陆海军商店的路上。

大本钟敲响了报半时的钟声。

多么非同寻常啊，是的，多么奇怪、多么感人，看到那位老太太（她们做邻居已经不知多少年了）离开窗口，仿佛她和那钟声、那条纽带是维系在一起的。钟体虽然巨大，却和她有着某种关系。钟声如手指般向下伸去、伸去，伸入到平常事物之中，使这个时刻具有了庄严性。克拉丽莎想象着，钟声迫使老人移动、行走——但是走到哪儿去呢？她转过身去消失掉的时候，克拉丽莎的目光试图跟踪她，还能隐约看见她的白帽子在卧室的后部移动。她仍在那儿，在房间的另一头走来走去。那就是奇迹，那就是神秘之所在，她指的是那个老太太，她仍能看得见她从五屉柜向梳妆台走去；既如此，克拉丽莎想，为什么还要什么宗教信条、祈祷和防水布外衣呢？她仍能看得见她。基尔曼可以说她已经解开了那至高无上的奥秘，或者彼得可以说他已经解开了这奥秘，但是克拉丽莎根本不相信他们知道如何解开它，因为这至高无上的奥秘其实是十分简单的：这儿是一间屋子；那儿是另一间。宗教解开它了吗？爱情解开它了吗?

爱情——但正在这时，另外那只钟，那只永远在大本钟敲过两分钟后才衣兜里装满零七八碎姗姗来迟的钟也敲响了起来，它把零碎往地上一倒，仿佛表示，大本钟以其威严如此庄重、如此公正地制定法律固然是好，但是她可还得记住各式各样的琐碎事情——玛沙姆太太、埃莉·亨德森、放冰块的玻璃杯等——大本钟威严的钟声如同平展在海面上的一条金子，紧随其后，各式各样的小东西如同波浪般拍打着、跳跃着滚滚涌来。玛沙姆太太、埃莉·亨德森、放冰块的玻璃杯。她现在必须马上去打电话了。

那只慢钟衣兜里装满小零碎跟在大本钟之后滔滔不绝地、乱哄哄地敲响着。钟声在马车的袭击、货车的野蛮、急匆匆前行的无数生硬的男人和招摇过市的女人、办公楼和医院的穹隆和尖顶的冲击下被击碎了，衣兜里装满了小零碎的慢钟最后的余音似乎像一道精疲力竭的波浪溅出的浪花，拍打在基尔曼小姐的身上，这时她在街头一动不动地站立了片刻，低声喃喃道“是肉体的问题”。

她必须控制的正是肉体。克拉丽莎·达洛维侮辱了她。那是她意料之中的事。但是她并没有获得胜利；她未能掌握自己的肉体。她丑陋、笨拙，克拉丽莎·达洛维因此而嘲笑她；从而重又激起了她肉体的欲望，因为在克拉丽莎身边她很不愿意自己是这副模样。她也不像克拉丽莎那样会说话。可是她为什么要希望自己像她呢?

为什么？她从心底里蔑视达洛维夫人。她不严肃。她不是个好人。她的生活是由一连串的虚荣和欺骗构成。然而多丽斯·基尔曼却被她压倒了。事实上，当克拉丽莎·达洛维嘲笑她的时候，她差点大哭起来。“是肉体的问题，是肉体的问题。”她喃喃道（大声自言自语是她的习惯），她沿维多利亚街走去，一面竭力想压下这骚动痛苦的感情。她向上帝祈祷。她长得丑，这是没有办法的事情；她买不起漂亮衣服。克拉丽莎嘲笑了她——在走到邮筒那地方以前，她还是把心思集中在别的事情上吧。不管怎么说，她得到了伊丽莎白。但是在走到邮筒之前她要想些别的事情；她要想一想俄罗斯。

她自言自语道，能够像惠特克先生对她说过的那样，在乡下和自己强烈的对世界的嫉恨情绪斗争有多好啊；这个世界蔑视她、嘲笑她、抛弃她，首先是这样一种屈辱——使她承受一个人们不忍目睹的令人厌恶的丑陋躯体。无论她怎么梳理她的头发，前额永远像一个鸡蛋，光秃秃、白寥寥。她穿什么衣服都不合适。买什么都一样。当然，对于一个女人来说，这意味着永远接近不了异性。她永远不会主动接近任何人。近来她有时似乎感到，除了伊丽莎白，她活着只是为了吃饭；为了她的舒适；她的正餐；她的午茶；她晚上的热水袋。但是人必须斗争；征服；对上帝具有信心。惠特克先生说过她来到世上是有特殊意义的。可是没有人知道她的痛苦！他指着钉着受难耶稣的十字架说，上帝知道。但是为什么她得受苦，而别的女人，像克拉丽莎·达洛维，却能免于受苦呢？知识来自苦难，惠特克先生说。

她已经走过了邮筒，而伊丽莎白已经拐进陆海军商店里阴凉的棕色的烟草部，但是她却仍旧在喃喃自语着惠特克先生说过的关于知识来自苦难的话，还有肉体的问题。“肉体。”她喃喃道。

“你要去卖什么的部门？”伊丽莎白打断了她的思路。

“衬裙部。”她突兀地说，并径直朝电梯阔步而去。

她们上了楼。伊丽莎白领着她转来转去；领着心不在焉、像个大孩子、像艘庞大笨重的战舰般的基尔曼小姐。衬裙都在这儿呢，棕色的、正派的、条纹的、轻浮的、厚实的、透薄的；她心不在焉地、神情古怪地挑选着，售货的姑娘还以为她有神经病呢。

当她们把买的东西包扎起来的时候，伊丽莎白心里琢磨，不知基尔曼小姐在想些什么。基尔曼小姐从神思恍惚中惊醒过来，镇静下来，说道，她们该吃午茶了。于是她们去吃了午茶。

伊丽莎白心里琢磨，基尔曼小姐会不会真是饿了。那是因为她那么一门心思地吃呀吃，然后又一再看着邻桌上的一盘外面裹了一层糖的蛋糕；后来，当一位女士带着孩子在那张桌子前坐了下来，小孩拿起了蛋糕时，基尔曼小姐真的会在乎吗？是的，基尔曼小姐确实在乎。她想吃那块蛋糕来着——粉红色的那块。吃的乐趣几乎是她仅有的唯一真正的乐趣了，然而就连这也不让她满足！

她曾对伊丽莎白说过，人幸福的时候都有一种可供日后支取使用的储备，而她却像一只没有车胎的轮子（她爱用这样的比喻），一碰到小石块就颠得老高；星期二上午上完课以后她会待上一会儿，拿着一大袋书，她管这叫作她的“书包”，站在壁炉边说这类话。她也谈论战争。毕竟还有人并不认为英国人总是对的。有书。有会。有别的观点。伊丽莎白愿不愿意和她一起去听某某人（一位相貌不凡的老人）讲演？于是基尔曼小姐带她到肯辛顿的一个教堂去，她们和一位牧师一起吃了午茶。她借书给伊丽莎白看。法律、医学、政治，对于你这一代妇女来说，一切职业的大门都向你们敞开着，基尔曼小姐说。但是对于她自己来说，她的事业是彻底被毁掉了，这是她的过错吗？天哪，伊丽莎白说，不是的。

有时伊丽莎白的母亲会来叫她，说从伯顿送来了一大篮子东西，基尔曼小姐想要些花吗？她对基尔曼小姐总是非常非常和蔼，可是基尔曼小姐把花全都捏成一大把，也不会聊聊家常；基尔曼小姐感兴趣的事，伊丽莎白的母亲觉得没劲，而且她们在一起时简直糟糕透了；基尔曼小姐一副得意的样子，相貌十分平庸。可是基尔曼小姐聪明极了。伊丽莎白从来没有想到过穷人。她们家的日子是要什么有什么，——她母亲每天都是在床上吃早餐；由露西给她端上楼去；她喜欢老太太，因为她们都是公爵夫人，是某个贵族的后代。但是基尔曼小姐说（在某个星期二的上午，课上完了以后）：

“我的祖父在肯辛顿开过油漆颜料店。”基尔曼小姐使人觉得自己特别渺小。

基尔曼小姐又喝了一杯茶。伊丽莎白带着东方人的姿态和奥妙莫测的神情直挺挺地坐着；不，她不要别的了。她找她的手套——她的白手套。手套在桌子底下。啊，可是她不能走呀！基尔曼小姐不能让她走！这个年轻人，这么漂亮的女孩，她真心地爱她！她的大手在桌子上一会儿张开一会儿合上。

不知为什么，伊丽莎白觉得也许是有点没意思。她真的想走了。

可是基尔曼小姐说：“我还没吃完呢。”

那么，当然，伊丽莎白要等她。但是这里面空气很不好。

“你去参加今晚的宴会吗？”基尔曼小姐问道。伊丽莎白猜想她会去的；她母亲要她去。她可不能一心放在宴会上，基尔曼小姐说，一面用手指摸着吃剩的最后一小截长条形巧克力小蛋糕。

她并不怎么喜欢宴会，伊丽莎白说。基尔曼小姐张开嘴，稍稍向前伸了伸下巴，把最后一点巧克力小蛋糕吞了下去，然后擦擦手指，端起杯子转动着杯子里的茶水。

她感到自己快要崩溃了。痛苦太强烈了。要是她能够抓住伊丽莎白，紧抱着她，使她完全地、永远地成为自己所有，然后死去；这就是她唯一的愿望。但是现在坐在这儿，找不到话说；看着伊丽莎白开始对她不满；甚至连她都对自己感到了厌恶——这太过分了；她无法忍受。她那粗壮的手指握拢了起来。

“我从来不参加宴会，”基尔曼小姐说，她只不过为了不让伊丽莎白离开，“人家不邀请我去参加宴会。”——她说的时候心里明白，正是这种自我中心毁了她；惠特克先生警告过她；可是她就是控制不住。她受的痛苦太多了。“他们为什么要邀请我呢？”她说，“我相貌一般，又不快活。”她知道这样说很愚蠢。都是因为那些经过这里的人——拿着大包小裹、看不起她的人，使她说出了这样的话。可是，她是多丽斯·基尔曼。她有学位。她是一个在世界上取得了成功的女人。她在现代史方面的知识是相当可观的。

“我并不可怜自己。”她说。“我可怜”——她本想说“你母亲”，但是不行，她不能这样说，不能对伊丽莎白说。“我可怜别人，”她说道，“更多。”

伊丽莎白·达洛维一声不响地坐在那里，就像一头不知为何被牵到了一个大门口的牲畜，站在那里只想拔腿飞奔而去。基尔曼小姐还有更多的话要说吗？

“别把我全忘了呀。”多丽斯·基尔曼说，声音微微发颤。那头牲畜惊恐地飞奔到了田野的尽头。

那只大手张开又合拢。

伊丽莎白转过头去。女招待过来了。伊丽莎白说，得到收款台去付款，便起身走了，基尔曼小姐觉得她把自己的五脏六腑都拉了出来，她穿过餐厅时越拽越长，最后使劲一拧，有礼貌地把头一点，走了。

她走了。基尔曼小姐坐在大理石桌子旁边，面前是巧克力小蛋糕，阵阵剧痛向她袭来，一次、两次、三次。她走了。达洛维夫人胜利了。伊丽莎白走了。美走了，青春走了。

她就这样坐着。她站起身来，在小桌子之间跌跌撞撞地走着，身体左右摇晃。有人拿着她落下的衬裙追上了她，她迷了路，被夹在为带到印度去用而特制的衣箱之间；后来又到了卖产妇用品和婴儿内衣的地方；她穿过了世界上所有的商品，易坏的和耐用的，火腿，药品，鲜花，文具；各种各样的气味，有时香，有时酸，她东倒西歪地走着，一面大镜子映出了她的全身，她看到自己歪戴着帽子、脸色通红、东倒西歪地在走；最后终于走出商店到了大街上。

威斯敏斯特大教堂的尖塔耸立在她的面前，那是上帝的住所。上帝的住所就在这车水马龙之间。她拿着小包顽强地走向另一个庇护所，即威斯敏斯特大教堂。她在大教堂中在那些也是来此寻求庇护的人们中间坐下，抬起两手，指尖相对成帐篷状放在面前；那些形形色色的膜拜者手举在面前，这时已没有了社会地位的区别，几乎连性别也难以区分；但是一旦他们把手从面前拿开，立刻就显出是虔诚的英国中产阶级的男男女女，其中有些人要去看蜡像。

但是基尔曼小姐的搭成帐篷形的双手一直放在面前。有时只剩下她一个人，有时又有人在她身旁坐下。新的膜拜者从街上走进来，代替了那些来此闲逛的人，当人们向四周张望、拖拖拉拉地走过无名战士墓时，她却仍然用手指挡住眼睛，企图在这双重黑暗中（大教堂里面的光线是虚幻的存在）寻求虚荣、欲望、商品以外的追求，既摆脱恨也摆脱爱。她的手抽动着。她似乎在斗争。然而对于别人来说，上帝是能够接近的，通向上帝之路是平坦的。从财政部退休的弗莱彻先生、著名的英国王室法律顾问的遗孀戈勒姆夫人，他们都毫不费事地接近了上帝，祷告完结便往后一靠，欣赏起音乐来（管风琴声响亮美妙），他们看到基尔曼小姐坐在一排的最边上，不住地祈祷、祈祷，由于他们自己仍在地狱的边缘，因此同情地将她看作是与他们出没在同一个地方的灵魂；一个由无形物质构成的灵魂；不是一个女人，而是一个灵魂。

但是弗莱彻先生得走了。他得从她面前走过，他自己异常整洁，因此禁不住对这位可怜的女士的衣冠不整感到有些难过；她的头发披散了下来；小包掉在了地上。她没有立刻给他让路。但当他站在那里环视四周，看看白色的大理石、灰色的窗玻璃以及长期搜集起来的珍贵物品（他对这个大教堂极感自豪）时，她坐在那里不时移动着两只膝盖（她接近上帝是如此艰难——她的愿望又是如此顽强），她巨大的身体、强健的体魄及具有的力量给他留下了深刻的印象，就像这一切也曾给达洛维夫人（那天下午她脑子里总是想着她）、爱德华·惠特克牧师，还有伊丽莎白留下了深刻的印象一样。

伊丽莎白在维多利亚街等公共汽车。在户外是多么好啊。她想也许她用不着马上回家。在露天是多么好啊。所以她要坐公共汽车。而且，就在她穿着剪裁十分得体的衣服站在那里时，这一切就开始了……人们开始把她比作白杨树、黎明、风信子花、幼鹿、流水和园中的百合花；这使她的生活成了一个负担，因为她只愿不受干扰地在乡间做她想做的一切，可是他们非要把她比作百合花，她不得不去参加宴会，比起在乡间独自和父亲及爱犬们在一起，伦敦是多么沉闷乏味啊。

公共汽车飞驰而来，停下，开走——色彩鲜艳，一辆接一辆，红黄色的油漆闪耀着光泽。可是她该上哪一辆好呢？哪辆都一样。当然，她不会使劲去挤，她趋向于听其自然。她缺乏的是表情，但是她的眼睛长得很好，是中国式的，有东方特点，而且正如她母亲所说的那样，她有这么漂亮的肩膀，亭亭玉立的身材，看上去总是那么可爱；近来，特别是在晚上，当她感兴趣的时候——因为她似乎从来不会激动——她看上去几乎很美，非常庄重、非常安详。她会在想些什么呢？每一个男人都爱上了她，而她实在觉得非常厌烦。因为已经开始了。她的母亲看得出来——赞扬开始了。而伊丽莎白对这方面不太在乎——比如说不在意自己的穿着——这使克拉丽莎有时很担心，不过也许周围有这么多自命不凡的小青年和跃跃欲试的家伙在闹腾也好，增加了她的魅力。现在又有了和基尔曼小姐之间的这种古怪的友谊。好吧，克拉丽莎在凌晨三点钟睡不着觉时一面读着马尔博男爵的作品一面想道，这证明她是有情感的。

突然伊丽莎白向前迈了一步，在众人之前非常麻利地上了公共汽车。她在上面一层坐了下来。这个莽撞的大家伙——像一艘海盗船——向前开动，猛驶而去；她不得不抓住扶手使自己保持平稳，因为这车真和海盗船一样，不管不顾、肆无忌惮、横冲直撞、危险地猛拐躲闪、大胆地抓上一个乘客或对另一个乘客置之不理、像条鳗鱼般傲慢地在车流中挤来挤去，然后张起所有的帆目空一切地沿白厅街疾驶而去。那么，伊丽莎白有没有把不含一丝妒意地爱着她的可怜的基尔曼小姐放在心上呢？对于基尔曼小姐来说，伊丽莎白是野地里的一只小鹿、林间空地上的月光。伊丽莎白却非常高兴能摆脱基尔曼小姐。新鲜空气是这样美妙。陆海军商店里太气闷了。此刻这样沿白厅街冲去真像骑马狂奔；随着公共汽车的每一下颠簸，她那裹在鹿皮色外衣里的美丽的身体像骑手般起伏自如，又像船首的雕饰，因为微风吹乱了她的头发和衣衫；炎热使她的面颊变得像漆了一层白漆的木头般苍白；她那好看的眼睛因为没有相遇的目光，便注视着前方，茫然、明亮，具有雕像那种目不转睛的凝视中令人难以置信的天真。

正是基尔曼小姐总在谈论自己的痛苦才使得她这样难以相处。

她的话对吗？如果参加委员会、每天献出许多许多个小时能够帮助穷人，天知道她的父亲正是这样做的（她简直很少在伦敦看到他）——如果那就是基尔曼小姐认为基督徒应该做的；但是很难说得准她是不是这个意思。啊，她要再往前坐一程。到滨河大道还要再付一个便士，是吗？好，那么这儿是一个便士。她要到滨河大道去。

她喜欢生病的人。每一种职业都向你们这一代妇女开放了，基尔曼小姐说。因此她可以做个医生。她可以做个农场主。动物常常会生病。她可以拥有一千英亩土地，手下有许多人。她将会到他们的小屋去看望他们。这儿是萨默塞特大厦了。你可以做一个很好的农场主——奇怪的是，尽管基尔曼小姐起了些作用，可这个想法几乎完全是由于萨默塞特大厦影响的结果。那座巨大的灰色建筑看上去是这样壮丽，这样庄严。而且她喜欢感觉到人们在工作。她喜欢那些教堂，它们像灰纸剪成的轮廓，迎着滨河大道的车流。这儿和威斯敏斯特很不一样，她在法庭街下车时心里想道。这里是这样庄严，这样繁忙。总而言之，她愿意有一个职业。她要成为一个医生，一个农场主，如果她感到有必要，也可能去做议员。这一切全是因为她现在置身于滨河大道的缘故。

人们的脚在为自己的事情奔忙，手在把一块块石头堆砌起来，思想中不是充满了无休止的闲言碎语（把女人比作白杨——这当然让人激动，但却非常无聊），而是想着船舶、商业、法律、行政管理，一切是如此庄严（她现在走进了法学协会），如此快活（河就在那儿），如此虔诚（教堂就在那边），使得她决心不管母亲怎么说，都要做个农场主或医生。不过，当然，她是很懒散的。

关于这事最好什么也不说。这显得很傻气。这是那种当你一个人的时候，有时会发生的事——没有建筑师的名字的建筑物，从商业区回来的人群比肯辛顿的一个牧师，比基尔曼小姐借给她的任何书籍，都更有力量激起沉睡在心灵深处的沙河床上的不成熟、怕见人的东西，使它冲出表面，恰如一个孩子突然伸展开双臂；也许仅仅就是一声轻叹，胳膊的一伸，一股冲动，一个启示，却具有永恒的效果，然后它便又沉落到了沙河床上。她必须回家去了。她必须换上夜礼服去参加晚宴。但是现在几点了？——哪儿有钟呢？

她朝着舰队街里望去，然后怯生生地向圣保罗教堂方向走了几步，好像借着烛光在夜里蹑手蹑脚深入到一所陌生的房子里去探索的人，紧张不安地生怕主人突然一把推开卧室的门，问她干吗来了，她也不敢转悠到可疑的小巷和诱人的小街里去，正如她不敢在陌生的房子里随便开门一样，那些可能是卧室的门，客厅的门，或直接通向食物储藏室的门。因为没有哪个达洛维家的人天天到滨河大道来；她是个先驱，是个漫游者，敢于冒险，充满信任。

她的母亲感到，她在许多方面都非常不成熟，还像一个孩子，喜欢玩偶，旧拖鞋；十足是个娃娃；这是很可爱的。但是当然，达洛维家一向有从事社会公职的传统。在女性中就有修道院长，学院院长，中小学校长，显要人物等——她们中没有一个是才华过人的，但都有上述作为。伊丽莎白这时向圣保罗教堂方向又前进了几步。她喜欢这一片喧嚣中包含的亲切的姐妹情、兄弟情、母爱。她感到这非常之好。周围的喧嚣声大得惊人；突然在喧嚣中传来了急促响亮的喇叭声（是失业者的队伍）；吹奏着军乐，好像人们在齐步行进；然而如果他们正在死去——如果某个女人咽了气，守护她的不论什么人打开了她刚刚在里面完成了这一极端庄严的行动的房间的窗子，俯视舰队街，那喧嚣、那军乐便会凯旋般向他飞来，给他慰藉，又无动于衷。

这并不是有意识的感觉。这里没有对一种运气或命运的承认，正因为这样，即使对那些因守望着垂死的人脸上意识的最后颤动而变得木然了的人们也起了慰藉的作用。人们的健忘可能伤害他人，他们的忘恩负义也可能造成腐蚀，但是这种年复一年永无休止地倾泻而出的声音会将一切裹挟而去：她这誓言，这辆货车，这种生活，这一队人。喧嚣声将把这一切裹住、卷走，就像狂暴的冰川流中，冰块拥着一小块骨头、一片蓝色的花瓣、几棵橡树，将它们席卷而下。

但是时候不早了，比她想象的还要晚一些。她母亲可不会喜欢她这样自己一个人瞎逛。她转身沿滨河大道往回走去。

一阵风吹来一片薄薄的乌云（虽然很热，风还不小），遮住了太阳，停在了滨河大道上空。街上人的脸模糊了；公共汽车突然失去了光彩。尽管团团白云像山峰，你可以想象用斧子砍去块块坚硬的小片，两边展现出广阔的金色山坡，天国乐园中的草坪，看去像是定居于此的诸神聚集在一起在天上开会，他们之间存在着不停息的运动，互相交换着种种迹象。仿佛完成某个事先安排好的计划，忽而山峰缩小了，忽而一整块一直静止不动的大如金字塔的云团移到了一串云团的中间，或庄重地带领它们去到新的停泊地。尽管云团似乎固定在自己的位置上，在极度的和谐中静静地休息，其实什么也比不上那雪白的或燃烧着金光的外表更清新、更自由、表面上更敏感；变化、移动、解散那庄严的与会者，一切都是立刻可能做到的事；尽管云层庄严固定，堆积得坚实有力，却仍时而把光明投向大地，时而将黑暗洒向地面。

伊丽莎白·达洛维平静而干练地上了开往威斯敏斯特去的公共汽车。

塞普蒂莫斯·沃伦·史密斯躺在客厅的沙发上，看着那淡淡的金光在墙纸的玫瑰花上时明时暗，像某种有生命的东西，具有的惊人的敏感；他感到，那忽而把墙变成了灰色，忽而把香蕉变成了鲜黄色，忽而把滨河大道变成灰色，忽而把公共汽车变成鲜黄色的光和影时隐时现，在向他招手、示意。室外，树木拖着如网的树叶伸向天空深处；室内可听到流水的声音，从波浪声中传来小鸟的鸣啭。每一种力量都将自己的宝贝倾泻到他的头上，他的手放在沙发靠背上，就像他在游泳时看到自己的手漂浮在波浪之上，听到远处岸上的狗叫声，叫声很远。不要再害怕了，他的心在体内说，不要再害怕了。

他并不害怕。每时每刻大自然都笑着以某种暗示——比如那个在墙上到处闪动的金色斑点，在那儿、那儿、那儿——向他表明了要表现她的意思的决心。她通过挥舞她的羽毛、抖动她的长发、摆动她的披风，姿态优美，永远十分优美，以及站在离他很近的地方，从虚握着的两手间对他轻声细语地说出莎士比亚的名句，来表现她的意思。

雷齐娅坐在桌旁，手里扭着一顶帽子，望着他；看见他在笑。那么他很快活了。可是看见他笑她受不了。这不是婚姻；作为一个丈夫不该看起来这么怪，总是一惊一跳，大笑，一连几个小时坐在那里不说话，或一把抓住她让她替他写东西。桌子的抽屉里满是这些写的东西；关于战争；关于莎士比亚；关于伟大的发现以及死亡怎样并不存在。近来他突然毫无原因地变得非常激动（霍姆斯医生和威廉·布拉德肖爵士都说过，激动对他是最有害的），挥舞着两只手喊道，他知道真理了！他什么都知道！他说，那个人，他那位阵亡了的朋友埃文思到来了。他就在屏风后面唱歌呢。他怎么说的她就怎么写下来。有的说得很美，有的则完全是胡说。而他总是在半中间停下来，不是改变主意；就是想加点什么；或是听到了什么新的声音；抬起一只手倾听。

可是她什么也没有听见。

有一次，他们发现打扫屋子的女佣在读这些写的东西，发出一阵阵大笑。这实在太遗憾了。因为这件事使塞普蒂莫斯大声抱怨人是多么残酷——他们怎样相互撕扯得体无完肤。他说，他们把倒下的人撕得粉碎。“霍姆斯和我们过不去。”他会说，他会编造关于霍姆斯的故事；霍姆斯在吃粥；霍姆斯在读莎士比亚——把自己搞得不是大笑就是大怒，因为霍姆斯医生对于他来说似乎代表着某种可怕的因素。他称他为“人性”。此外还有他的幻觉。他老说他淹死了，躺在悬崖上，海鸥在他头顶上尖叫。他会从沙发边上往下看，说看见下面是海。或者说他听到了音乐声。其实只不过是手摇风琴的声音，或什么人在街上喊叫。可是他总是高声说道：“真好听！”眼泪便沿面颊流下，对她来说这是最可怕的事情了，眼看一个打过仗、十分勇敢的、像塞普蒂莫斯这样的男子汉流眼泪。他会躺在那儿倾听着，直到突然大喊他在往下跌落，落进熊熊烈火中去了！他说得活灵活现，她还真四处找哪儿有火焰。可是什么也没有。房间里只有他们两个人。她对他说，这是个梦，最后终于使他安静了下来，不过有的时候她也会害怕得要命。她一面缝帽子一面叹了口气。

她的叹气声柔和而令人陶醉，犹如黄昏时分林外的轻风。她时而放下剪刀；时而转身从桌子上拿东西。些许的移动，些许的沙沙声，些许的叩击，在她坐在那儿缝纫的桌子上就做出了什么东西来。他透过睫毛可以看见她模糊的轮廓；她小巧的穿着黑衣服的身体；她的脸和手；她在桌旁拿起一轴线或寻找丝绸（她总爱丢三落四）时转动身子的动作。她在给费尔默太太的那个结了婚的女儿做帽子，那女儿的名字是——他忘了她的名字了。

“费尔默太太那个结了婚的女儿叫什么名字来着？”他问道。

“叫彼得斯太太。”雷齐娅说。她恐怕帽子太小了，她把帽子举在面前说。彼得斯太太是个大个子；不过她不喜欢她。她做帽子仅仅是因为费尔默太太对他们非常好。“她今天早上给了我葡萄。”她说——雷齐娅想做点什么来表示他们的感谢之情。有天晚上她走进房间，发现彼得斯太太以为他们不在家，在放留声机。

“真的吗？”他问道。她在放留声机吗？是真的；她当时就告诉他了；她发现彼得斯太太在放留声机。

他开始小心翼翼地睁开眼睛，看看是不是真有一台留声机在那儿。但是真实的东西——真实的东西太让人激动了。他一定要十分小心。他不能疯。他先看了看架子下面的一层上放的时装广告，然后渐渐把眼睛移到有绿色喇叭形扬声器的留声机上。没有什么比这更实在了。因此他鼓起勇气，看餐具柜，看那盘香蕉，看维多利亚女王和她的丈夫的雕版画，看壁炉台和上面放着的一瓶玫瑰花。所有这些东西都没有动。都是静止的；都是真实的。

“她是个嘴很毒的女人。”雷齐娅说。

“彼得斯先生做什么工作？”塞普蒂莫斯问。

“呃。”雷齐娅尽量在回忆。她记得费尔默太太说过他给某家公司做旅行推销员。“眼下他在赫尔。”她说道。

“眼下！”她带着意大利口音说出这个词来。是她亲口说的。他遮起眼睛，以便一次只看见她脸的一小部分，先看下巴，再是鼻子，然后是额头，生怕这脸变了形，或有什么可怕的瘢痕。但是没有，她就在那里缝制帽子，十分自然，和一般女人在缝纫时的样子一样，噘着嘴唇，一副专心致志的抑郁神情。但是这没有任何可怕之处，他一次又一次地看着她的脸、她的手，让自己放心，因为她在光天化日之下坐在那里缝纫，这有什么可怕或可憎的呢？彼得斯太太有张很毒的嘴。彼得斯先生在赫尔。那他为什么要生气或做出预言来呢？为什么要经受苦难、被抛弃而出逃呢？为什么要望云颤抖、饮泣呢？当雷齐娅坐在那儿把大头针往自己衣服的前襟上插的时候，当彼得斯先生在赫尔的时候，为什么要寻求真理传递启示呢？奇迹、启示、痛苦、孤独、落入海底、往下、往下跌入熊熊火焰之中，这一切全都消失殆尽了，因为当他看着雷齐娅为彼得斯太太装饰草帽时，他感到那是鲜花的床罩。

“这帽子给彼得斯太太戴太小了。”塞普蒂莫斯说。

多少天以来这是他第一次和平常一样说话！当然是太小了——小得可笑，她说。可是这是彼得斯太太自己挑中的。

他从她手里拿过帽子。他说这是一顶给街头手风琴手的猴子戴的帽子。

这话让她多么高兴呀！他们好几个星期没有在一起这样笑过了，像夫妻那样私下里开玩笑。她的意思是，如果费尔默太太走进来，或者彼得斯太太或任何别的人走进来，他们不会明白她和塞普蒂莫斯在笑些什么。

“看。”她说着把一朵玫瑰别在草帽的一边。她从来没有感到这么快活过！一辈子还从来没有过！

可是这样一来就更可笑了，塞普蒂莫斯说。这个可怜的女人要是戴了就会像展销会上的一头猪啦。（谁也没有像塞普蒂莫斯那样惹她大笑过。）

她的针线盒里有什么东西？她有缎带和珠子、流苏、假花。她把东西都翻腾到桌子上。他开始把颜色古里古怪的东西放在一起——尽管他手指头很笨，连个包都包不好，却很有眼光，而且常常看得很对，当然，有时候会很可笑，可是有的时候简直妙极了。

“她将会有顶漂亮的帽子！”他低声说道，一面拿起这样那样的东西，雷齐娅跪在他身边，眼光从他肩上望过去。现在弄好了——也就是说样子设计好了；她得把这些缝在一起。可是，他说，她必须非常非常小心，保持他弄出来的样子。

于是她缝了起来。他在想，当她缝的时候，她发出一种轻柔的噗噗声，像放在炉旁铁架上烧着的水壶发出的声音。她不停地忙碌着，小而有力的尖尖的手指捏捏戳戳；手中的针闪闪发光。太阳在流苏上、墙纸上时隐时现，但是他要等一等，他伸直了腿，看着在沙发另一头自己脚上带环形花纹的短袜，心里想道：他要在这个暖和的地方、在这个空气静止不动的孤立的空间里等着，有的时候你在黄昏时分在树林的四周会遇到这种情况，由于地面倾斜下降，或树木的某种排列分布（人首先必须要有科学性，科学性），使得温暖的空气会停留片刻，微风像小鸟的翅膀迎面扑来。

“好啦，”雷齐娅把彼得斯太太的帽子顶在指尖上转动着，说道，“暂时这样就行了。以后……”她的话像没有关上的水龙头，心满意足地滴答、滴答、滴答地流淌着。

太好了。他还从来没有做过使他感到如此骄傲的事呢。彼得斯太太的帽子是这样真实、这样实在。

“请看一下吧。”他说。

是的，看到这顶帽子会使她永远感到幸福的。这个时候他恢复了常态，他笑了。他们俩单独在一起。她会永远喜欢这顶帽子的。

他叫她戴上试试看。

"可是我戴上一定会显得特别怪！"她大声说道，一面跑到镜子前，照照这边，又照照那边。然后她一把摘下了帽子，因为有人敲门。会是威廉·布拉德肖爵士吗？已经来叫他们了吗？

不是的！只不过是那个小女孩，把晚报拿来了。

照例出现的事情这时出现了——他们的生活中每晚都会出现的事情。那个小女孩站在门旁，嘬着大拇指；雷齐娅跪下身子；雷齐娅轻声哄她，亲吻她；雷齐娅从桌子抽屉里拿出一包糖来。每天都是这样。先做一件事，然后再一件事。她就这样逐渐构筑起来，先做一件事，然后再一件事。她们在房间里一圈又一圈地又跳又蹦。他拿起了报纸，念道，萨里一切停顿，有股热浪滚滚。雷齐娅跟着重复道：萨里一切停顿，有股热浪滚滚，并把这变成了她和费尔默太太的孙女玩着的游戏的一个部分。她们俩又笑又说地玩着。他很累。他很快活。他要睡了。他闭上了眼睛。他眼睛一看不见，她们游戏的声音立刻变得越来越轻、越来越怪了，听起来像人们寻找东西却找不到时的喊声，而且声音越离越远。她们找不到他了！

他恐怖地惊跳起来。他看见什么啦？餐具柜上的一盘香蕉。没有人在房间里（雷齐娅把孩子带回到她母亲那儿去了。是睡觉的时候了）。就这样：永远孤独。这就是在米兰已注定了的命运，当他走进那间屋子，看到她们剪硬麻布帽形时，就注定了他的命运：永远孤独。

只有他独自和餐具柜及香蕉为伴。只有他独自一人，暴露在这荒凉的高地，身体直伸着——但不是在山顶上；不是在悬崖上；而是在费尔默太太客厅的沙发上。至于那些幻觉、死者的脸和声音都在哪里？他面前有一道屏风，上面是黑色的宽叶香蒲和蓝色的燕子。在他以前看到过山脉，看到过人的面孔，看到过美的地方，现在只有一道屏风。

“埃文思！”他大喊道。没有回答。只有一只老鼠吱吱的叫声，也许是窗帘的沙沙声。这是死者的声音。剩下与他为伴的是那屏风、煤桶、餐具柜。那么就让他面对屏风、煤桶和餐具柜吧……但是雷齐娅嘴里唠叨着冲了进来。

来了一封信。每个人的计划都变了。费尔默太太终究还是去不了布赖顿了。没有时间通知威廉斯太太，雷齐娅觉得这真叫人恼火至极，这时她一眼看见了那顶帽子，心想……也许……她……可以小小的……她的悦耳的、心满意足的声音渐渐低得听不见了。

“啊，见鬼！”她喊道（她说粗话是他们俩之间的一种玩笑），缝针断了。帽子、孩子、布赖顿、缝针。她逐渐构筑起来，先做一件事，然后再一件事，她一面缝制，一面构筑。

她要他说一说，她把玫瑰花换个地方是不是能让帽子更漂亮一些。她在沙发的一头坐下。

她突然放下帽子说，他们现在幸福至极。因为她现在什么话都可以对他说了。脑子里想到什么就可以说什么。那天晚上他和他的英国朋友走进咖啡厅时，这几乎就是她对他的第一个感觉。他那时挺腼腆地走进来，四处张望，挂帽子时帽子却掉在了地上。她还记得那情景。她知道他是英国人，虽然不是她姐妹爱慕的大个子英国人，因为他向来很瘦；但是他气色非常好，加上他的大鼻子，明亮的眼睛，坐在那儿身子稍稍前倾的习惯，使她想到一只年轻的苍鹰，她常对他这样说，她第一次见到他的那个晚上，他们在玩骨牌时他走了进来——像一只年轻的苍鹰；但是他对她总是非常温柔。她从未见到他狂怒或喝醉过，只是有时因为经历了这场可怕的战争而感到痛苦；但即使如此，只要她一进来，他就会把痛苦放在一边。她会把一切、世上的一切事情、她工作上的任何小麻烦、任何想到要说的事都对他讲，而他立刻就能理解。连她自己的家人也做不到。他比她大，又这么聪明——他是多么认真啊，她连英语的儿童故事都读不下来的时候，他却要她读莎士比亚——经验也比她丰富得多，可以帮助她。而她也能够帮助他。

现在先说这顶帽子。然后（时间越来越晚了）再说威廉·布拉德肖爵士的事。

她把两只手放在头上，等着他表示喜不喜欢这顶帽子。当她坐在那里，低垂着眼睛等待的时候，他能感觉到她的思绪，如一只小鸟在树枝间飞来飞去，总能准确地落稳在枝头；她自然地以一种轻松自如的姿态坐在那儿时，他能够跟上她的思绪，如果他说句什么，她立刻会微笑起来，像一只小鸟落在枝头，爪子紧紧抓住树枝。

但是他记得布拉德肖说过："我们生病的时候，我们最喜欢的人对我们并不一定有好处。"布拉德肖说，必须教会他休息。布拉德肖说他们必须分开。

"必须"，"必须"，为什么"必须"？布拉德肖凭什么权利来管他？"布拉德肖有什么权利对我说'必须'？"他质问道。

"那是因为你说到要自杀。"雷齐娅说。（幸运的是，她现在和塞普蒂莫斯随便说什么都可以了。）

这么说他在他们的掌握之中！霍姆斯和布拉德肖跟他过不去！那个红鼻孔的畜生把鼻子伸到了每一个隐秘的地方！他竟然可以说"必须"！他的文稿在什么地方？他写的那些东西？

她把文稿拿来了，他写的那些东西、她替他写的东西。她把这些都往沙发上一放，两人一起看了起来。图表，设计，一点儿大的男人女人挥舞着木棍样的胳膊，背上还长着翅膀——是翅膀吗？依一先令和六便士的硬币描画的圆圈——这些是太阳和星星；蜿蜒曲折的峭壁，简直就像许多的刀叉，上面有用绳子系在一起的登山者在向上攀登；有的上面画着海，小小的人脸笑着浮在可能代表波浪的画面上；还有世界地图。烧掉！他大叫道。现在再来看他写的东西；关于死人如何在杜鹃花丛后面歌唱；时光颂；与莎士比亚的对话；埃文思，埃文思，埃文思——死者给予他的信息；不要砍树；告诉首相。博爱：世界意义之所在。烧掉！他大叫道。

但雷齐娅把手按在了纸上。她觉得有的写得画得很美。她要把它们用丝线捆起来（因为她没有信封）。

即使他们把他带走，她说，她也要和他一起去。她说，他们不能违背他们俩的意志硬把他们分开。

她把文稿理好，把纸边对齐，几乎看也没看地包扎好；她坐在他的身边，他想，好像她身上所有的花瓣都开放了。她是一棵开花的树；从她的枝丫中露出了一个立法者的脸，她已到达了圣殿庇护所，在那儿她谁也不怕；不怕霍姆斯；不怕布拉德肖；这是一个奇迹，一个胜利，是最后的、最伟大的胜利。他看着她摇摇晃晃地爬上那吓人的楼梯，霍姆斯和布拉德肖压在她的身上，这两个人的体重从来没有少于一百六十磅过。他们打发妻子到宫廷去，他们每年赚一万英镑却大谈什么均衡；他们做出的判断不同（因为霍姆斯这么说，而布拉德肖那么说），可他们都是法官；他们混淆了幻象和餐具柜；什么也看不清，却做出裁决、施加惩罚。“必须”，他们说道。她战胜了他们。

“好啦！”她说。文稿都捆好了。谁也甭想把它们弄到手。她要把它们收好。

而且，她说，什么也不能把他们俩分开。她在他身旁坐下，管那个家伙叫鹰或乌鸦，因为它们恶毒，毁坏庄稼，简直和他一模一样。她说，谁也不能把他们俩分开。

然后她站起身来想走进卧室去收拾东西，可是听见楼下有人声，她想也许是霍姆斯大夫来了，便跑下楼去，好挡住不让他上来。

塞普蒂莫斯能够听见她在楼梯上和霍姆斯说话。

“亲爱的夫人，我是作为朋友到这里来的。”霍姆斯在说。

“不行。我不允许你见我的丈夫。”她说。

他能想象她的样子，像只小母鸡，张开翅膀挡住他的路。但是霍姆斯坚持要上来。

“亲爱的夫人，请允许我……”霍姆斯说着把她推到了一边（霍姆斯是个身材魁梧的男人）。

霍姆斯正在走上楼来。霍姆斯会猛地推开房门。霍姆斯会说：“吓坏了吧，是吗？”霍姆斯会抓住他。但是不；不能让霍姆斯、不能让布拉德肖抓住他。他摇摇晃晃地站起来，其实是捯换着脚往前蹦，心里琢磨着费尔默太太的那把干净漂亮的刀把上刻着“面包”二字的切面包刀。唉，不应该糟蹋了这刀。点上煤气？来不及了。霍姆斯马上就要进来了。他可能有刀片，可是雷齐娅都收拾起来了，她总是这样干的。只剩下窗子了，布鲁姆斯伯里的公寓特有的大窗子，还有就是那讨厌而麻烦、还挺富情节剧特点的开窗和跳下去了。这是他们想象中的悲剧，但不是他或雷齐娅的（因为她是同意他的）。霍姆斯和布拉德肖喜欢这类事情。（他坐在窗台上。）但是他要等到那最后一刻。他不想死。生活是美好的。太阳热烘烘的。只是人——他们想要什么？一个老人正走下对面房子的楼梯，他停下脚步盯着他看。霍姆斯已经到了门口。他大喊一声："我来给你！"用力猛地纵身一跳，跌落在圈起费尔默太太房产的围栏上。

"懦夫！"霍姆斯大夫冲开房门大喊道。雷齐娅跑到窗口，她看见了，明白了一切。霍姆斯大夫和费尔默太太撞了个满怀。费尔默太太舞动着围裙，让她到卧室去蒙上眼睛。许多人在楼梯上跑上跑下。霍姆斯大夫走进她的房间——脸白得像张纸，浑身发抖，手里端着一个玻璃杯。他说，她必须勇敢，必须喝点东西（喝什么？有点甜的东西），她的丈夫摔得血肉模糊，不会清醒过来了，她不能去看他，要尽可能使她少受痛苦，还得经受审问，可怜的年轻女人。谁会料得到呢？一股突然的冲动，谁也不能怪（他这样对费尔默太太说）。而他究竟为什么要干这种事，霍姆斯大夫简直无法想象。

当她喝着那甜甜的东西时，她仿佛觉得自己正在打开落地长窗，走到某个花园里。但这是什么地方？钟在敲响着——一下，两下，三下：比起所有这些砰砰声和窃窃私语声来，钟声是多么理智啊，就像塞普蒂莫斯自己。她要睡着了。但是钟继续在敲响，四下，五下，六下，舞动着围裙的费尔默太太（他们不会把尸体抬到这里来的吧，会吗？）似乎是花园的一部分；或者是一面旗子。她住在威尼斯姑姑家的时候，有一次看见过一面旗子慢慢从桅杆上展开、飘动。就是以这种方式向在战场上牺牲的人致敬的，塞普蒂莫斯参加过大战。她的回忆里，多数是幸福的。

他戴上帽子，在玉米地里奔跑——那会是什么地方呢？——跑到某个小山上，是海边的什么地方，因为那儿有船、海鸥、蝴蝶；他们坐在悬崖上。在伦敦他们也这样坐着，半像在梦境中，从卧室门传进来雨声、窃窃低语声、干玉米秆摇动的沙沙声，她似乎感到大海的爱抚，拱起的海浪将他们包在中间，当她置身海滩上时对她喁喁私语，她感到自己被撒向四处，如飘落在坟墓上的飞花。

“他死了。”她说，对那位用一双可信任的浅蓝色眼睛紧盯着房门、守护着她的可怜的老妇人微微一笑。（他们不会把他抬到这里来的吧，会吗？）但费尔默太太觉得这想法很可笑。啊，不会的，不会的！他们现在正在把他抬走。不该告诉她一声吗？费尔默太太认为夫妻应该在一起。可是他们必须按大夫说的办。

“让她睡吧。”霍姆斯大夫摸着她的脉说。她看见他站在窗前的粗大的身体的黑色轮廓。原来这就是霍姆斯大夫。

这是文明的一个胜利，彼得·沃尔什想道。当急救车那清脆尖厉的铃声响起时，这是文明的一个胜利。急救车在充满人道地立即抬上了某个可怜的家伙以后，迅速而利落地向医院飞驰而去；什么人脑袋被打伤，突然发病，或许一两分钟前在一个路口被车子撞了，这种事也很可能发生在自己身上。这就是文明。他从东方回来后深有所感的是——伦敦的效率、组织和服务公众的精神。每一辆运货或载人的马车都自动闪到路边让急救车通过。人们对这辆急救车和里面的伤病者所表现出的尊敬也许有些病态；不过，难道这不也令人感动吗？——那些正在急匆匆回家去的忙碌的男人们，在急救车经过的时候立刻就想到了妻子；或想到躺在车里担架上，由一个医生一个护士伴随着的人很容易就可能是自己……唉，只要脑子里一开始出现医生啦、尸体啦什么的，思绪立刻就变得病态、伤感起来；但由这种幻觉产生的一丝愉快、一种贪欲也会告诫人们不要再继续想这种事情了——这对艺术、对友谊都是致命的。真是如此。然而，当急救车拐过街角，沿着下一条街行驶，在更远处穿过托特纳姆大院路时，仍能听见那清脆尖厉的铃声不停地响着；这时彼得·沃尔什想道，这是孤独特有的权利；一个人独处的时候可以按自己的意愿行事。只要没有人看见，想哭就可以哭。在印度的英国人社会中，他的这种敏感的天性使他一事无成；他不会在该笑的时候笑，该哭的时候哭。他站在邮筒旁寻思，我就是有这种天性，此刻就会感动得眼泪汪汪的。为什么，只有天知道。也许是某种美，或许是一天的重负，从拜访克拉丽莎开始，搞得他精疲力竭；天热、紧张，各种印象纷至沓来，一滴滴地流进那深邃幽暗的心底，积聚起来，永远不会被人知道。部分出于生活那完整而不可侵犯的奥秘，因此他感到生活像一个陌生的花园，拐弯抹角，确实令人惊异；有些时刻真让人大吃一惊；他站在大英博物馆对面的邮筒旁时就感受到了这样的一刻，此刻，一切事物交汇在了一起：这辆急救车；生与死。仿佛他被汹涌的情感吸到一个高高的屋顶下面，而他的躯体则如一片白茫茫散布着贝壳的海滩，一无所有。在印度的英国人社会中，这种敏感的天性使他一事无成。

有一次，克拉丽莎和他一起在什么地方上了公共汽车的上层，那时候她特别容易感动，至少表面上如此，一会儿绝望，一会儿又兴高采烈，激动得浑身发抖，是个非常有趣的伙伴。她从公共汽车的上层会发现古怪的小景象、名称或人；因为那时他们常常一起在伦敦四处探胜，从苏格兰市场买回大袋大袋的稀罕玩意儿——那时克拉丽莎有种理论——他们和别的年轻人一样，有大堆的理论，张口就是理论。那理论是用来解释他们的不满情绪的；不了解别人；也不被人了解。因为，人们怎能互相了解呢？你们天天见面；然后半年甚至几年不见。他们都认为，对人了解得这么少，实在令人难以满意。但是当她坐在公共汽车上沿夏夫次伯里大道行驶时，她感到自己无所不在；不是“在这里、这里、这里”，她拍拍座椅的靠背；而是无所不在。在汽车沿夏夫次伯里大道行驶时她一路挥着手。她就是这样。因此要了解她，或了解任何人，就必须找到帮助他们成长的人，甚至是地方。她和从未说过话的人之间存在着一种奇特的共鸣，街上的某个女人，柜台后面的某个男子——甚至和树或者谷仓都有共鸣。最后归结到先验论，因为她对死亡的恐惧，这一理论使她相信，或者宣称她相信（尽管她信奉怀疑论），由于我们显现出的灵魂，即表露的部分，和不可见的其他部分相比只是瞬息的存在，而不可见的部分广阔地存在于天地之间，因此可以永存，可以以某种方式依附在这个人或那个人的身上而再生，甚至死后仍出没于某些地方……也许吧——也许吧。

回顾这近三十年之久的友谊，他感到她的理论一直相当起作用。尽管由于他经常不在，见了面还常遇到干扰（比如今天上午，他刚要开始和克拉丽莎畅谈时，伊丽莎白就闯了进来，像匹长腿小马，沉默、端庄），他们的相会是短暂的、时断时续的，有时还是痛苦的；然而相会所产生的后果对他一生的影响却是无法估量的。这一切有着一种神秘性。具体的相会很像是你得到的一粒谷种——尖利、扎人、令人不舒服；常常是非常痛苦的；然而在见不到面的时候，这粒种子会在多年湮没之后，在最意想不到的地方发芽开花、散放出芬芳的清香，你可以抚摸它、感知它，环顾四周获得对它完整的体验和理解。她就是这样来到他心头的，常常由最古怪的事情勾引起对她的回忆；或在船上；或在喜马拉雅山中（莎利·西顿这个慷慨热情的傻姑娘，在看到蓝色的绣球花时也是这样想到他的）。她比他认识的任何人对他的影响都要大。而且总是这样在他没有希冀的情况下来到他的面前，沉着、高贵、挑剔；或是美艳、浪漫，使人回忆起田野或英国的丰收季节。他多数是在乡间而不是在伦敦见到她。在伯顿时的一幕幕情景……

他回到了自己的旅馆，穿过放着许多红兮兮的椅子和沙发，以及叶子长而尖、看去有些干枯的盆栽植物的大厅，从钩子上拿下了钥匙。前台服务小姐递给他几封信。他走上楼去——他最常和她见面的地方是伯顿，在夏末时分他在那儿住上一周甚至半个月，那时候人们常常这样做。他们先是在小山顶上，她站在那里，双手轻按在头发上，斗篷被风吹得飘起，指着下面大声对他们说——她看见塞文河了。或者在一片小树林里，要烧开水——她的手指非常笨；烟翻卷向下，扑在他们脸上；透过烟雾现出她红扑扑的小脸；他们向农舍中的老妇要水喝，老妇来到门口目送他们离去。他们总是步行；别的人开车。她觉得开车出去没意思，除了那条狗什么动物都不喜欢。他们沿路徒步跋涉上许多英里，她常常会停下来分辨方向，领着他穿过乡间走回去；他们一路争论，讨论诗歌，讨论人，讨论政治（那时她很激进）；他们一点也没有注意到周围的一切，除非她停下脚步对一个景色或一棵树大声赞叹起来，并且要他和她一起看；然后又继续讨论，穿过收割后的田野，她走在前面，手里拿一朵给姑姑的花，尽管身体娇弱却一向爱走路；在暮色四合时回到伯顿。晚饭后，老布赖特科普夫便会打开钢琴用他那破嗓子唱起歌来，他们就会躺在安乐椅里，努力憋住笑，可最后总是憋不住大笑起来，笑啊笑——无缘无故地笑个不停。布赖特科普夫是不该看见他们笑的。然后早晨他们像两只长尾鸟般在房子前面快乐地调情……

啊，是她写来的信！这个蓝色的信封；那是她的笔迹。他必须得看这封信。准得是又一次那种会面，肯定会很痛苦。读她的信还真需要很大的努力。见到他真是太好了。她必须告诉他这一点。信上就这么两句话。

可是信使他心烦意乱，使他不快。他希望她根本没有写这封信。正在他想着他们伯顿岁月的时候来了这么一封信，就像用胳膊肘碰碰他的肋骨提起他注意一样。她为什么不能不来打搅他呢？毕竟她已经嫁给了达洛维，而且这些年来一直和他很幸福地生活在一起。

这些旅馆可不是能给人安慰的地方。远不是这样的地方。不知道有多少人在这些衣帽钩上挂过帽子。想想看，就连苍蝇也曾落在过别人的鼻子上。至于使他强烈感觉到的洁净，其实与其说是洁净不如说是缺少装饰，是冷漠；只可能是这样。某个干瘪瘪的女总管清晨时分巡视一周，这里闻闻那里看看，让冻得鼻子发紫的女仆们擦洗，就好像下一个客人是一块需要用一尘不染的大盘子端上桌的蹄髈。一张床用来睡觉；一张安乐椅用来坐着；一个大杯子一面镜子用来刷牙刮胡子。而他的书籍、信件、晨衣散落在毫无人情味的马毛和棉花混织的椅垫上，很像是对这种冷漠做出的极不协调的傲慢举动。是克拉丽莎的信使他看到了这一切。见到他真是太好了。她必须告诉他！他折起信纸；把信纸推开；他怎么也不会再看这封信了！

要让他六点钟收到这封信，她一定是在他离开后马上就坐下来写信；贴上邮票；派人去寄掉。正如人们所说，她就是这样一个人。他的访问使她心烦意乱。她感慨良多；当她吻他的手时曾有片刻的悔恨，甚至对他产生了嫉妒，或许（因为他看到了她的表情）还记起了他曾说过的什么话——也许是，如果她和他结婚他们将会怎样去改变世界；而现在却是这样；是人到中年；是碌碌无为；于是她以不屈不挠的活力迫使自己将这一切撇在一边，因为在她身上贯穿着一种生命力，使她坚忍不屈，忍耐执着，具有克服一切障碍最终取得胜利的力量。他还从来没有在别的任何人身上看到过这样的生命力。是的，不过他一离开房间她就会产生一种反应。她会为他而感到极大的遗憾；她会想她究竟能够做些什么来使他感到快乐（这正是他缺乏的东西），他能看见她泪流满面地向书桌走去，提笔写就了后来他发现在旅馆等着他的那一行字……“见到你真是太好了！”这是她的真心话。

彼得·沃尔什这时已经解开了皮鞋带。

但是他们的婚姻不会幸福的。终究还是另外那件事来得自然得多。

这很奇怪；这是真的；许多人都感觉到这一点。彼得·沃尔什干得还算体面，担任一般的职务相当胜任，人缘不错，可是有点古怪，爱搭架子——奇怪的是，居然是他，尤其现在头发都灰白了以后，显出了一派心满意足的神情；一种含蓄节制。正是这一点使他在女人面前具有吸引力，她们感到他并不全是男性气概，而她们喜欢这种感觉。他身上或者说在他外表的掩盖下有种不寻常的东西。也许是他有股书生气——他每次来看你时都会拿起桌上的书（他现在就正在看书，鞋带还拖在地上）；也许是他有绅士风度，这一点从他磕烟斗里烟灰时的样子就充分表现了出来，当然还表现在他对待女士的举止上。因为任何一个毫无头脑的姑娘都能轻而易举地随意摆布他，这很可爱，也很可笑。但是她也要冒风险。也就是说，尽管他可能非常随和，而且以他的教养和快乐的天性，和他在一起时令人很是愉快，但只是到一定程度而已。她说了些什么——不，不，他看穿了她的本意。他不能忍受那一点——不行，不行。然后他和男人们一起因一个笑话喊叫，捧着肚子笑得前仰后合。他是印度最好的烹饪鉴赏家。他是个男人。但不是那种你需要对他表示尊敬的男人——幸亏如此；比如说，他不像西蒙思少校；一点也不像，戴西心里想，尽管她已经有了两个小孩，还常常这样拿他们两个人来做比较。

他脱下了靴子，把口袋里的东西全都掏了出来。戴西在阳台上照的一张相片随着小折刀一起被掏了出来；穿着一身白衣服的戴西，膝头上趴着一只小猎狐犬；非常迷人，黑黑的皮肤，这是他看到的她最好的一张相片。一切来得是那么自然；比克拉丽莎自然多了。没有大惊小怪。没有纠缠麻烦。没有娇气和烦躁不安。一切都一帆风顺。阳台上的那个黑皮肤的漂亮可爱的姑娘在大声感叹（他能听到她的声音）。当然，当然，她将给予他一切！她高声说道（她从不知谨慎），他所要的一切！她高声说着跑上去迎接他，也不管有谁在看着他们。她只有二十四岁。而且有两个孩子。唉，唉！

唉，这把年纪了，他还真让自己陷进了麻烦。他夜里醒来时这个想法强烈地袭上心头。假如他们真结婚呢？对于他当然很好，但是对于她呢？他对伯吉斯太太吐露过心事，她是个正派人，不爱说长道短。伯吉斯太太认为他这次回英国，明着是去见律师，可是他离开了印度能使戴西重新考虑，想一想和他结婚意味着什么。伯吉斯太太说问题关系到她的身份；还有社会习俗方面的障碍；她还得放弃孩子。不久她会成为有着难以启齿的经历的寡妇，流落市郊，行为失检（你知道，她说，这样的女人，爱涂脂抹粉，会变成什么样子）。但是彼得·沃尔什觉得这话太可笑了。他还不打算死呢。不管怎么说吧，她必须自己拿主意；自己做出判断，他心想，一面只穿着袜子在房间里走来走去，把配礼服穿的白衬衫弄平，因为他可能去参加克拉丽莎的晚宴，或者去音乐厅，或者待在旅馆里读他过去在牛津认识的一个人写的一本引人入胜的书。如果他真的退休，他就要干这个——写书。他会到牛津去，在博德利图书馆里查查看看。那个黑皮肤的漂亮可爱的姑娘白白地跑到平台的尽头，白白地挥动她的手，白白地喊着说她根本不在乎别人怎么说。他就在那儿，这个她无比珍视的男人，这个完美的绅士，这个迷人的、杰出的人（她根本不在乎他的年龄），在布鲁姆斯伯里一家旅馆的房间里走来走去，刮胡子，梳洗，拿起水罐，放下剃刀，一面继续在博德利图书馆里查查看看，弄清他感兴趣的一两件小事的实情。他想和谁聊就和谁聊，因而会越来越不遵守午餐的确切时间，不去赴约，而当戴西像平时那样要他吻她，要他表现出激情的时候，他会表现得差强人意（尽管他是真心喜爱她）——总之，正如伯吉斯太太所说，她忘掉他也许会更幸福些，或者仅仅记住一九二二年八月时的他，一个黄昏时分站立在十字路口的身影，当她在单马马车上伸出了双臂稳坐在后座上疾驶而去时，这身影变得越来越遥远，越来越小，终于消失，而她仍在喊着她无论什么都愿意干，无论什么，无论什么，无论什么……

他从来也不知道人们是怎么想的。他越来越难以集中注意力。

他变得一门心思忙于自己关心的事；时而阴郁，时而快活；他依赖女人，心不在焉，喜怒无常，越来越无法理解（他一面刮胡子一面这样想）为什么克拉丽莎不能干脆给他们找个住的地方，对戴西友好一些；把她介绍给朋友们。那样他就可以——就可以做什么呢？就可以任意搜寻徘徊（他当时就正在清理钥匙、文件），盘旋体验，自己独处，总而言之，自我满足。然而当然谁也没有他更需要依赖别人（他扣好背心）；这正是他致命的弱点。他无法不去吸烟室，喜欢结交上校、打高尔夫球、玩桥牌，尤其喜欢和女人在一起。她们细致入微的友情，她们在爱情上的忠诚、不顾一切、高尚，虽有缺点，但在他看来（那黑皮肤的漂亮可爱的脸蛋儿现在在一沓信封上面）却是完全令人钦佩的，是在人类生活之巅生长开放的奇葩，然而他的表现却差强人意，因为他总是容易看到事物的真情实况（克拉丽莎永远地伤了他的元气），容易对无言的爱感到厌倦，喜欢丰富多样的爱情，虽说如果戴西爱上了别人他会非常愤怒，非常愤怒！因为他生性嫉妒，难以克制地嫉妒。他受尽折磨！可是他的折刀、手表、印鉴、皮夹、克拉丽莎那封他不愿再读但喜欢想着的信，还有戴西的相片都在哪儿呢？现在该去吃饭了。

人们正在吃饭。

大家坐在放着花瓶的小桌周围，有的穿礼服有的没穿，身旁放着披肩和手提包，一副故作泰然的神情，因为他们不习惯吃这么多道菜的正餐；面露自信，因为他们付得起账；样子劳累，因为他们在伦敦跑了一整天，购物、观光；还表现出自然的好奇心，因为当这个戴着角质镜架眼镜的英俊绅士进来时，他们都回身抬头打量他；显示了他们善良的性情，因为他们会乐于为他效点小劳，诸如借给他时刻表、告诉他有用的信息；他们想以某种方式建立联系的欲望在他们身上涌动、在悄悄地拉扯他们，哪怕只是出生在同一个地方（比如说利物浦），或有同名的朋友；他们坐在那里吃饭，或对人偷偷地扫上几眼，或保持古怪的沉默以及突然缩回到家庭圈子里的玩笑而与周围人隔绝；这时沃尔什先生走了进来，在窗帘旁的一张小桌子前坐了下来。

沃尔什先生赢得了别人的尊敬，不是因为他说了什么话，由于他单身前来，他只能对侍者说话；而是因为他看菜单的样子，用食指指着某一种酒、身子挨近桌子坐着以及吃饭时认真但不贪婪的样子；他们的这种尊敬在晚餐的大部分时间里都没有表达出来，但当他们听见他在最后说“巴特莱特梨”的时候，这种感情在莫里斯一家的餐桌上爆发了出来。无论是小查尔斯·莫里斯还是老莫里斯，也无论是伊莱恩小姐还是莫里斯太太，都不知道他点梨的时候为什么说得这样温和而坚定，样子像个执行纪律的人在行使自己建立在公正基础上的权利。但是当他独自坐在桌旁说“巴特莱特梨”的时候，他们感到他指望在某个合法的要求上得到他们的支持；他倡导一项事业，这事业立刻就成了他们自己的事业，因此他们的眼睛充满同情地和他的眼睛相遇，当他们都同时到达吸烟室的时候，他们之间必然就交谈了起来。

谈话并不深入——无非说说伦敦很拥挤，三十年来有了很大变化，莫里斯太太喜欢利物浦，莫里斯太太去看了威斯敏斯特的花展，他们都见到了威尔士亲王，等等。然而，彼得·沃尔什在想，世上没有任何家庭可以和莫里斯家媲美；根本没有；他们相互间的关系完美无缺，他们对上层阶级毫不在乎，有自己的喜好，伊莱恩正在接受管理自己家庭企业的训练，儿子获得了里兹大学的奖学金，老太太（和他年纪相仿）家里还有三个孩子；他们有两辆汽车，但莫里斯先生星期日照样补靴子：这太棒了，绝对是太棒了，彼得·沃尔什心里想道，他手里拿着小酒杯，身子在毛茸茸的红椅子和烟灰缸间微微前后摇摆，自己感到很得意，因为莫里斯一家喜欢他。是的，他们喜欢一个说“巴特莱特梨”的男人。他们喜欢他，他能感觉得到。

他要去参加克拉丽莎的晚会。（莫里斯一家已经走开；但是他们还会见面的。）他要去参加克拉丽莎的晚会，因为他想问理查德他们对印度的政策是什么——那帮保守党里的蠢货们。采取些什么行动？还有音乐……啊，对了，还有聊聊闲天。

因为这就是我们的灵魂、我们的自我的真相，他暗自想道，像深海中的鱼儿，在昏暗朦胧中奋力穿梭游动于巨大的水草之间，游过阳光闪烁的海域，不停地向前游去，游去，游进幽暗、寒冷、神秘莫测的深处；突然鱼儿又蹿到海面，在被风吹皱的波浪上嬉戏；也就是说，我们的灵魂和自我绝对需要在闲聊中刷洗、刮擦、燃起激情。政府打算怎么对待印度——理查德·达洛维会知道的。

由于那晚很热，报童们在身上背着写有红色大字、宣告热浪来临的布告牌来来往往，旅馆的台阶上放上了藤椅，男士们独自悠然坐在那儿呷酒、吸烟。彼得·沃尔什也坐在那儿。人们可能会想象白昼，伦敦的白昼，才刚刚开始。像一个脱去了印花布裙衣和白围裙，准备用蓝色衣衫和珍珠首饰打扮自己的女人，白昼变了，脱去了呢绒，穿上薄纱，变成了黄昏，它发出了和女人把衬裙扔在地上时同样欢快的叹息，也抛去了尘埃、暑热和色彩；车辆稀少了；疾驶的响着车铃的小汽车代替了隆隆行驶的货车；在广场浓密的树木间，各处悬挂着极亮的路灯。当黄昏在旅馆、公寓和排排商店的雉堞墙、突出部、圆拱和尖顶上渐渐淡去、消失时，她似乎在说，我隐退了。我淡去，她开始说，我消失，但是伦敦不肯，匆匆将刺刀插入天空，缚住黄昏，强迫她成为狂欢中的伙伴。

因为自从彼得·沃尔什上次回英国以来，发生了威利特先生建立夏时制的伟大革命。对于沃尔什来说黄昏的延长是件新鲜事。还相当令人振奋。因为当年轻人拿着公文箱走过时，他们因终于下班了感到非常高兴，而且当他们傻乎乎地因能走在这条著名的人行道上而感到骄傲时，一种欢乐把他们的脸映得通红，也许会有人认为是廉价的、华而不实的欢乐，然而却仍是狂喜的感情。他们穿得也很好；粉红色的长筒袜；漂亮的鞋子。他们现在将要在电影院度过两个小时。黄昏时蓝幽幽的黄光使他们显得轮廓清晰而优雅；黄昏的光把广场的树叶照得一片暗黄青灰——看上去像浸泡在海水中——一座水下城市的树叶。眼前景象之美使彼得惊异；而且还令他鼓舞，因为当从印度回来的英国人（他认识大批这样的人）凭借自己的权力坐在东方俱乐部里，气呼呼地总结着世界的堕落时，他却在这里，依然年轻；羡慕青年人的夏季时光和其他一切，并从一个姑娘的话中、一个女佣的笑声中——一些你摸不着的东西中——相当明确地感到他年轻时似乎不可动摇的整个金字塔般的社会积淀已经产生了变化。过去它重重地压在他们头上；把他们压得抬不起头来，特别是妇女，就像克拉丽莎的姑妈海伦娜的花，她晚饭后在灯下把花夹在灰色的吸墨纸里，上面还压上利特雷的大字典。海伦娜姑妈已经去世了。他从克拉丽莎处听说她后来一只眼睛看不见了。老帕里小姐眼睛会瞎似乎是再恰当不过的事了——大自然的杰作之一。她会像严寒中紧抓住枝丫的小鸟那样死去。她属于一个不同的时代，但她是这样完整无缺、这样完满如一，她将永远耸立在地平线上，石一般白、挺立突出，像座灯塔，标志着这个充满着冒险、无限漫长的航程中，这个无尽的（他摸出一个铜币买了一张报纸，看看关于萨里和约克郡队板球比赛的消息——他已经千百万次这样拿出铜币买报了。萨里又一次被打出局了）——这个无尽的生命中的一个逝去了的阶段。但是板球不仅仅是运动。板球很重要。他总是忍不住要读关于板球比赛的消息。他先读报纸付印时插入的最新消息栏中的比分，然后读读天气有多么热的消息；然后读了一桩谋杀案的报道。做过千百万次的事情有了丰富的意义，不过也可以说会使之黯然失色。过去使人丰富，经验也是如此；由于他爱过一两个人，因此具有了年轻人缺乏的力量，即打断事物、随心所欲地做事，根本不在乎别人怎么说；来去不存奢望（他把报纸留在桌上离开了），不过（他找帽子和大衣）这一点在他身上并不完全如此，今晚并不如此，因为这不是嘛，他正要去参加一个晚会，在他这个年纪，还相信他正要获得一种新的体验。但是，什么体验呢？

无论如何，是美。不是肉眼感受的赤裸裸的美。不是纯粹的美——从贝德福特街进入拉塞尔广场。当然是笔直空寥的；具有走廊般的对称；但同时也意味着灯火闪烁的窗子，钢琴、留声机的乐声；使你感到人们在私下寻欢作乐，但是偶尔也会显露出来，从开着的、没有拉上窗帘的窗子你可以看到坐在餐桌旁的人群，年轻人缓缓起舞，男男女女在谈天，女仆们懒散地向窗外眺望（这是她们干完活以后的一种特殊的表达方式），长袜晾在上层窗架上，一只鹦鹉，几盆花草。这种生活引人入胜、神秘而又无限丰富。在这个出租车疾驶猛拐的巨大的广场上，对对恋人悠闲漫步，调情拥抱，缩进大树的荫蔽下；景象着实感人；那样寂静、那样专注，人们小心谨慎地走过，仿佛置身于某种神圣的仪典，任何干扰都是亵渎。这真有意思。他想着走着，进入了夺目的灯火之中。

他的薄大衣被风吹得敞了开来，他走路有一种难以形容的独特姿态，身子微微前倾，迈着轻快的步子，两手背在身后，目光仍有着几分鹰的锐利；他轻快地穿过伦敦，向威斯敏斯特走去，一路观察着。

看来，大家都在外面吃饭啦？这儿一个男仆开门，从里面走出来一个仪态威严的老夫人，脚穿带扣鞋，头插三根紫色鸵鸟毛。另外的门打开了，走出来几位头戴鲜艳花朵、披肩把身子紧裹得像木乃伊的女士，或没有任何头饰的女士。在体面的、有着粉饰过的立柱的住宅前，女人们头发上插着梳子，穿过房前稍稍修剪过的小花园走来了（她们刚刚跑上楼去看过孩子们）；男人们在等着她们，风吹开了他们的大衣，汽车已经发动好了。所有的人都要出门去。门开了，人们走下来、出发，这一切使人感到仿佛整个伦敦都在登上停靠在岸边、在水上颠簸着的小船，仿佛整个城市都在狂欢中漂去。白厅如银箔制成，弧光灯掠过，宛如布上一层蛛丝，在弧光灯四周似有蚊蠓飞舞；天气太热，人们只能站着闲聊。这儿，在威斯敏斯特，有一个想来是退休法官的人，穿着一身白衣服端端正正地坐在家门口。想来是个长期生活在印度的英国人。

这儿，一群喧闹的女人、喝醉了的女人在大吵大闹；这儿只有一个警察和隐约可见的房屋，高大的房屋，有穹隆的房屋，教堂，国会以及河上轮船的汽笛声——一阵低沉模糊的鸣声。但是这条是她的、克拉丽莎所住的街；出租车疾驶过街角，就像桥墩周围的流水，他感到车子都集中到了这儿，因为它们载着参加她的晚会的客人，克拉丽莎的晚会。

这时，他无法再更多纳入这川流不息的冷冰冰的视觉印象了，就仿佛眼睛是一只已经满溢的杯子，听任其余的东西沿其瓷杯壁流下而不留任何记录。现在大脑必须清醒过来，身体必须紧绷起来，走进那所房子，那所灯火通明的房子，那儿门开着，那儿汽车停着，光彩照人的女士们走下车来：灵魂必须鼓足勇气去承受一切。他打开了折刀的大刀片。

露西全速跑下楼梯，她刚刚冲进客厅去抻平了一个椅套，摆正了一把椅子，停下片刻，觉得无论谁走进来看见漂亮的银器、铜质壁炉用具、新椅套、黄色擦光印花布窗帘时都一定会想，这儿是多么干净，多么明亮，收拾得多么漂亮啊。她一件件查看着；听到了一阵鼎沸的人声；人们已经用过了晚餐要上楼来了；她得赶快！

阿格尼丝说首相要来：她说她是在餐厅听见他们这样说的，她端着一托盘酒杯进来时说道。这有什么关系吗？多一个或少一个首相，究竟有什么关系？在晚上这个时刻，对于置身于盘子、深平底锅、滤锅、煎锅、鸡肉冻、冰激凌机、削下的面包皮、柠檬、带盖大汤碗、布丁盘中间的沃克太太来说，是一点关系也没有。无论他们在碗碟洗涤处怎么使劲洗，这些东西总好像还是堆在她的头上，堆在厨房的桌子上、椅子上，同时炉火呼呼燃烧，电灯亮得刺目，眼前还有夜宵要准备。她的感觉是，多一个还是少一个首相对于沃克太太实在是一丁点儿的区别也没有。

女客们已经在上楼了，露西说，她们一个挨一个地往楼上走，达洛维夫人走在最后，几乎总在往厨房传话，有一个晚上传的话是“向沃克太太致以我的爱意”。第二天上午她们会一起回顾那一道道菜——汤，鲑鱼；沃克太太知道，和往常一样，鲑鱼火候不够，因为她总是担心布丁，就让詹妮照看鲑鱼，结果鲑鱼总是欠一点火候。但是露西说，有个金色头发、戴着银首饰的女士说起正菜间的小菜，问：真是在家里自己做的吗？可是当沃克太太不断转动着盘子，把风门关上又拉开的时候，使她不安的还是鲑鱼；从餐厅里传来一阵笑声；一个声音在说话；然后又是一阵笑声——女士们离席后，先生们正尽情开心呢。匈牙利香浓葡萄酒，露西跑进来说。达洛维先生要匈牙利香浓葡萄酒，要帝王酒窖的皇家香浓葡萄酒。

穿过厨房把酒端了上去。露西回过头来说道，伊丽莎白小姐样子很可爱；她简直没法把眼睛从她身上移开；她穿着粉红的裙衣，戴着达洛维先生给她的项链。詹妮一定要记着伊丽莎白小姐的那条小猎狐犬，因为它咬人，必须给关起来，伊丽莎白觉得可能得给小狗送点什么吃的去了。詹妮一定得记着那条狗。可是楼上那么多人的时候詹妮不会上楼去的。大门外已经有汽车到了！门铃响了——可先生们还在餐厅里，喝着匈牙利香浓葡萄酒呢！

好了，先生们上楼去了；这是第一批到来的，现在会来得越来越快，于是帕金森太太（专为晚会雇用的）会虚掩着前厅的门，前厅里会满是等待中的先生们（他们站在那儿等着，把头发整理得又平又亮），而女士们则在过道旁的一个房间里脱下斗篷；巴尼特太太在那儿帮助她们，在达洛维家已经待了四十年的老艾伦·巴尼特，每年夏天都来帮助女士们，她记得当了母亲的人做姑娘时的样子，她虽非常谦虚，但仍和大家握手；十分尊敬地称她们“夫人”，但是她看年轻小姐时带点儿幽默，洛夫乔伊夫人的紧身束腰出了点麻烦，巴尼特太太十分策略地帮助了她。洛夫乔伊夫人和艾丽斯小姐禁不住感到，在梳妆方面她们得到了一些特别的关照，因为她们认识巴尼特太太——“三十年了，夫人。”巴尼特太太提醒道。洛夫乔伊夫人说，过去她们到伯顿去做客小住的时候，年轻小姐不用胭脂口红。艾丽斯小姐不需要胭脂口红，巴尼特太太说，一面疼爱地看着她。巴尼特太太会坐在那儿，在衣帽间里，轻轻理好毛皮斗篷，抚平西班牙披肩，收拾干净梳妆台。尽管她们都穿着毛皮和绣花衣服，巴尼特太太心里非常清楚哪些女士好，哪些不好。亲爱的老家伙，洛夫乔伊夫人一面上楼一面说道，克拉丽莎的老保姆。

然后洛夫乔伊夫人挺了挺身子。“洛夫乔伊夫人及小姐。”她对威尔金斯先生（专为晚会雇用的）说。威尔金斯举止可嘉，他微微弯身又直起，弯身又直起，不偏不倚地宣布，“洛夫乔伊夫人及小姐到……约翰爵士及尼达姆夫人到……韦尔德小姐到……沃尔什先生到。”他的举止可嘉；他的家庭生活必定是无可指责的，只是，一个嘴唇发青、脸刮得干干净净的人会撞进生儿育女这种讨厌事情中去，似乎是不可能的事。

“见到你太高兴了！”克拉丽莎说。她对每个人都这样说。见到你太高兴了！这是她表现最差的时候——过于热情洋溢，缺乏真心诚意。今夜来此真是个大错误。他该待在家里看书的，彼得·沃尔什想；该到音乐厅去；他该待在家里的，因为他一个客人也不认识。

哎呀，天哪，晚会将是个失败，一个彻底的失败，当莱克斯汉姆老勋爵站在那里代妻子道歉，说她在白金汉宫的游园会上着了凉，不能来了的时候，克拉丽莎从骨子里感到了这一点。她用眼角的余光能够看见彼得在那边的角落里，对她一副批评的神情。她究竟为什么要做这样的事情呢？为什么要为追求巅峰而陷入火海？无论怎样，愿火将她吞噬！将她烧成灰烬！无论怎样，即使是挥舞着自己的火把并将其抛向地球，也要比某个像埃莉·亨德森那样的人一点点销蚀、萎缩掉要好。真是奇怪，彼得只不过来了往角落里一站，就能使她处于这种紧张激动的状态。他使她看清自己；她在夸大其词。真是愚蠢。那么他为什么要来呢，仅仅是来批评她？为什么总是获取而从不给予？为什么不能为自己一个小小的观点而冒一下险呢？你看他要溜达开去了，她必须和他谈谈。可是她不可能找到机会。生活就是这样——羞辱、自制。莱克斯汉姆勋爵正在说他的妻子在游园会上不肯穿毛皮大衣，因为“亲爱的，你们这些女士们都一样”——莱克斯汉姆夫人至少七十五岁了！那一对老夫妻亲昵有加，美妙极了。她确实喜欢莱克斯汉姆勋爵。她确实感到自己的晚会很重要，意识到一切都不对劲、达不到预期的效果，使她感到很难受。不管任何事情都行，任何爆发，任何使人害怕的事都比客人们无目的地瞎转、一堆堆地站在角落里，像埃莉·亨德森那样，甚至都不注意挺直起身体。

上面印着极乐鸟的黄色窗帘被风微微吹起，仿佛有许多翅膀飞进了房间，马上又飞了出去，然后又被吸了进来（因为窗子是开着的）。是不是有穿堂风呀，埃莉·亨德森心里想？她容易着凉。不过即使她明天打喷嚏生病也没关系，她想着的是袒露着双肩的姑娘们，她的老父亲一直培养她要为别人着想，父亲是伯顿教区的牧师，一直有病，已经去世了；她着凉从来没有波及肺部，从来没有过。她想到的是姑娘们，袒露着双肩的姑娘们，她自己一向纤弱，头发稀少，身材有欠丰满；不过现在她年过五十，一股微弱的光倒开始从内心闪现出来，这是多年的自我克制净化而成的卓越，然而却又被她那令人难受的斯文体面的作风，她那莫名其妙的恐惧搞得永远黯然失色。她的恐惧是出于一年只有三百英镑的收入和手无寸铁的处境（她连赚一个便士的本事都没有），这使她胆小，一年比一年更没有资格和衣着考究的人聚会一堂，他们在社交季节中每晚都这么过，只要告诉女仆们“我打算穿哪件衣服”就行了，而埃莉·亨德森却要紧张地跑出去买半打廉价的粉红色的花，然后在黑色旧裙衣上披一条披肩。因为克拉丽莎是最后一刻才邀请她参加晚会的，她心里不怎么高兴。她有种感觉，今年克拉丽莎本来不打算请她。

她为什么该请她呢？其实没有道理要请她，只不过她们一直就认识。真的，她们还是表亲呢。克拉丽莎在社交界很受欢迎，她们自然慢慢就疏远了。参加晚会对于她来说是件大事。仅仅看看那些漂亮衣服就是很大的享受。那不是伊丽莎白吗？长成大人了，穿着粉红色裙衣，梳着流行的发式。可是她顶多也就十七岁。她长得简直俊极了。现在女孩子们初次进入社交界似乎不像过去那样要穿白色衣裙了。（她必须记住一切，好讲给伊迪丝听。）姑娘们穿筒式上衣，紧贴在身上，裙子只到脚腕以上。不成体统，她心里想。

由于眼睛不好，所以埃莉·亨德森往前伸长着脖子，她并不怎么在乎没有人交谈（她几乎不认识晚会上的什么人），因为她觉得他们都是很有趣有看头的人；想来是政治家，理查德·达洛维的朋友；但是理查德自己却感到，他不能让这个可怜的人继续整晚独自站在耶儿。

“哎，埃莉，你近来如何？”他以一贯的亲切态度说道，而埃莉·亨德森紧张起来，满脸通红，觉得他过来和她说话，这人实在是太好了，她说许多人怕热胜过怕冷。

“是这样，”理查德·达洛维说，“是这样的。”

可是还能说些什么呢？

“你好，理查德。”有个人在说，一面抓住了他的胳膊肘。哎呀，上帝，是老彼得，老彼得·沃尔什。看见他太高兴啦——非常快活！他一点也没有变。他们俩一起穿过屋子走了，一面互相轻轻拍着对方，好像很久没有见面了的样子，埃莉·亨德森看着他们走去时想道，她肯定见过那个人的脸。高个子的中年男人，眼睛很好看，黑色的，戴副眼镜，神态有点像约翰·伯罗斯。伊迪丝肯定会知道这人是谁。

上面印着一群极乐鸟的黄色窗帘又被风吹得飘了起来。克拉丽莎看见——她看见拉尔夫·莱昂把窗帘拍打回去，继续聊天。这么说来晚会毕竟不是个失败！现在一切都不会有什么问题了——她的晚会。已经开始顺利起来了。已经开始了。不过还是相当不稳定的。她目前还必须站在那儿。好像突然拥来了一大批客人。

“加罗德上校和太太……休·惠特布莱德先生……鲍利先生……希尔伯里太太……玛丽·马多克斯夫人……奎因先生……”威尔金斯拖着调子通报道。克拉丽莎和每一个客人说上六七个字，然后他们接着往里走到各个房间里去；自从拉尔夫·莱昂把窗帘拍打回去后，客人现在走进去有事可做，而不是无所事事了。

然而对于她自己来说，实在是太吃力了。她并未从中得到乐趣。她太像——太像随便哪个人了，站在那里；谁都会这样做；然而她还真有点钦佩这一个谁，禁不住感到她毕竟让晚会办成了，她感到这是自己的职守，标志着晚会的一个阶段，因为奇怪的是，她已经忘记了自己的样子，只觉得自己是钉在楼梯头上的一根标桩。每次她开晚会时都有这种感觉，她不再是自己，而其他人也是在某一方面不真实，在另一方面比平时真实得多。她想，这一部分是由于他们穿的衣服；另一部分是由于脱离了平时的习惯作风，再就是这里的环境，你有可能在这里说别处不能说的话，需要费点力气才能说出来的事；有可能谈得深入得多。但是她不行；至少现在还不行。

“见到你太高兴了！”她说。亲爱的老哈里爵士！他会认识每一个人的。

最奇怪的是当他们一个接着一个上楼的时候她的感觉，芒特太太和西莉亚，赫伯特·安斯蒂，戴克斯太太——啊，还有布鲁顿夫人！

“您能光临，真是太好啦！”她说，这是她的真心话——真怪，你站在那里感到他们不断经过你，有的年纪很大了，有的……

叫什么名字？罗塞特夫人？可是究竟罗塞特夫人是谁呢？

“克拉丽莎！”那个声音！是莎利·西顿！莎利·西顿！在这么多年之后！她从一片迷蒙中赫然出现。当克拉丽莎紧抓住那热水罐的时候，她可不是这个样子的。莎利·西顿，想想她竟然到她家来做客，到她家来了！她以前可不是这个样子的！

话一句接一句地滚滚涌出，有点不好意思，笑着——经过伦敦；从克拉拉·海登那里听说的；多好的和你见面的机会！所以我就不请自来了……

你可以很镇静地放下那个热水罐了。她已经没有了当年的光彩。然而重又见到她真是太不寻常了，年龄增加了，比当年快活，没有那么漂亮了。她们在客厅门口互相亲吻，亲了脸的这边再亲脸的那边，然后克拉丽莎拉着莎利的手转过身去，看见房间里满是宾客，听见喧嚣的人声，看到蜡烛台、被风吹得飘起的窗帘以及理查德送给她的玫瑰花。

“我有五个大块头儿子。”莎利说。

她有着最单纯的自我为主的思想，总是公开地表示希望人们最先想到她，她依然如此，使克拉丽莎十分喜欢。“我简直不敢相信！”她大声说道，一想到过去，就快活得激动不已。

但是，唉，威尔金斯；威尔金斯需要她；威尔金斯正在用威严的权威之音——仿佛他必须告诫全体宾客并且把女主人从轻浮的言谈中召回来——通报一个名字：

“首相来了。”彼得·沃尔什说。

首相来了？真的吗？埃莉·亨德森惊讶地想道。讲给伊迪丝听会多么有意思啊！

你不能嘲笑他。他的样子十分平凡。你很可能把他放在柜台后面从他那里买饼干——可怜的家伙，浑身上下都用金色饰带打扮了起来。不过说句公道话，当他先在克拉丽莎后来在理查德的陪同下和大家见面的时候，他做得很好。他努力显出重要人物的样子，观看这一幕是很有趣的。没有人看他。大家仍继续聊天，然而很明显，他们都知道、在骨髓深处都能感到这位重要人物走过他们身边；这个他们所支持的一切——英国社会——的象征。布鲁顿老夫人，她看上去也非常健康，脸上带着坚定的神情，飘然而至，他们退进了一个小房间，房间立刻受到人们的好奇的窥探、警戒，某种激动和沙沙声传遍了人群，毫不掩饰：首相来了！

上帝呀，上帝，英国人之势利！彼得·沃尔什站在角落里，心中想道。他们是多么喜欢用金色饰带打扮起来，向显贵表示敬意！

那儿！那肯定是，哎呀还真是休·惠特布莱德，围着大人物讨好，长得胖多了，头发白多了，令人钦佩的休！

他总好像是在值班，彼得想道，一个享有特权的诡秘人物，囤积着宁死保卫的秘密，尽管这秘密只不过是宫廷里的听差无意漏出来的零星闲话，第二天报纸就都会登出来的，这就是他的小玩具，这就是他的小摆设，他在摆弄它们的过程中白了头，进入了老年的边缘，享受着有幸结识这种类型的英国私立学校出身的人的尊敬和爱戴。人们不可必免地会编造出关于休的这一类的故事；这就是他的风格；彼得在几千英里之外的大洋彼岸，从《泰晤士报》上读到的那些令人钦佩的信件的风格，感谢上帝他当时远离那有害的喧嚣，哪怕只能听到狒狒发出的吱吱叫声和苦力打老婆的声音。一个大学里来的橄榄色皮肤的青年人奉承地站在休的旁边。休会恩顾他，引他入门，教他如何进取。因为他最喜欢做好事，让老夫人们高兴得心跳加快，在她们正觉得自己年老多病、已被人们遗忘时，亲爱的休想着她们，开车来看她们了，和她们待上一个小时谈淡往事，回忆起一些小事，称赞她们的家制蛋糕，虽然休此生的任何一天都可能陪公爵夫人一起吃蛋糕的。从他的样子看来，他也许真在这个愉快的行当上花费了许多时间。那审判一切、仁慈宽大的上帝可能会原谅他。而彼得·沃尔什不能宽恕。世上必定有坏蛋，可是上帝知道，在火车上把一个女孩子打得脑浆迸裂而被绞死的恶棍，总的来说造成的危害都没有休·惠特布莱德和他的善行的危害大。现在你看看他那副样子，当首相和布鲁顿夫人出来的时候，他小心翼翼、奉承地走向前，一面点头哈腰，让全世界明白地看到，他在布鲁顿夫人经过时享有和她说上几句悄悄话的殊荣。她停下脚步。她摇了摇上了年纪的精致的脑袋。想来她是在感谢他某个听话的服务。她有自己的一批奉承者，政府中的低级官员，四处去为她完成一些小小的任务，作为报答，她请他们吃午饭。但是她是十八世纪的做派。她可以这样做。

这时克拉丽莎陪同着她的首相穿过这个房间，昂首阔步，神采奕奕，带着灰白头发所赋予的庄重。她戴着耳环，穿一袭银绿色美人鱼式礼服。她悠闲地浮沉于海浪之间，编理着长发，她似乎依然保有着她那天赋：生活着；存在着；在她经过的那个瞬间便能对一切心中有数；她回过身子，围巾挂在某个女士的衣服上，把挂住的地方解开，笑了起来，一切都做得轻松自然，神态活像一个漂浮在完全适合于自己的环境中的生灵。但是岁月触及了她；恰如美人鱼也会在某个晴朗的黄昏，从镜子里看到海浪上的落日。在她的身上有了一丝温柔的气息；她的严厉、她的过分拘谨、她的木然现在都被融解了，当她和那个用金色饰带打扮起来的、竭尽全力显得重要的（祝他成功）粗壮男人告别时，她表现出一种难以形容的尊严；一种优雅的亲切热忱；似乎她祝愿整个世界都顺遂如意，而她本人由于已经处在一切的边缘，现在必须告辞而去了。她给他的印象就是如此。（但是他并没有爱上她。）

真的，克拉丽莎感到，首相能来是赏光。而且，有莎利在场，有彼得在场，理查德也非常高兴，在所有这些人也许对她相当羡慕的情况下，和首相一起走过整个房间，在那一刻她感到了陶醉，心脏的神经在膨胀，直到心脏似乎在颤抖，沉醉，振奋——是这样的，但是那毕竟是别人的感觉；因为，尽管她热爱这一切，感受到它的激动和刺激，然而这些表面的东西，这些成就（比如，亲爱的老彼得觉得她是这样有本事）是很空虚的；在一定的距离以外这些是成就，但是在她内心深处却不是；也可能是她渐渐老了，这些不再像以前那样使她满足了；突然，当她看到首相走下楼去时，镶着乔舒亚爵士所作的、戴皮手笼女孩的画的圆形镀金画框使她一下子就想起了基尔曼；她的敌人基尔曼。那是令人满意的；那是真实的。啊，她是多么恨她呀——急躁、虚伪、堕落；有着那么大的力量；勾引伊丽莎白的人；那个偷偷溜了进来偷走并玷污了伊丽莎白的女人（理查德会说，胡说！）她恨她；她爱她。一个人需要的是敌人，而不是朋友——不是达兰特太太和克拉拉，威廉爵士和布拉德肖夫人，特鲁洛克小姐和埃莉诺·吉布森（她看见她走上楼来）。如果他们需要她就得来找她。她要照顾整个晚会！

那儿是她的老朋友哈里爵士。

“亲爱的哈里爵士！”她说着走到这位好老头跟前，哈里爵士画出的坏作品多过整个圣约翰林画院中任何两个会员的作品之和。（他总是画牛，或站在落日时分的池塘旁喝水，或画牛抬起一条腿，牛角往上一抬，象征“陌生人之到来”，因为他掌握一定范围内的牛的姿势——他所有的活动、在外面吃饭、赛马的基础是站在落日时分的池塘旁喝水的牛。）

“你们笑什么呢？”她问他。因为威利·蒂特柯姆、哈里爵士和赫伯特·安斯蒂这时正在大笑。可是不行。哈里爵士不能把他关于音乐厅舞台的故事讲给克拉丽莎·达洛维听（尽管他很喜欢她；在她这类人中，他认为她是很完美的，并威胁说要给她画像）。他拿她的晚会打趣她。他想念他的白兰地。他说这些上流社会的人士高出于他。可是他喜欢她；尊敬她，尽管她那该死的、难缠的上层阶级的斯文风度使得他没法要克拉丽莎·达洛维坐到他的大腿上来。这时那个飘忽的鬼火、那个难以捉摸的磷光——希尔伯里老太太来到了跟前，在他爆发的大笑声中伸出手来（笑的是公爵和夫人），当她在屋子的另一边听见这笑声时，它似乎在有一点上使她更明确了——有时候如果她清早醒来而又不愿意叫女仆给她端茶时这一点常常困扰她——我们这样必定会死去。

“他们不肯把他们的故事讲给我们听。”克拉丽莎说。

“亲爱的克拉丽莎！”希尔伯里太太大声说道，她今晚真像她第一次看见她妈妈时的样子，那时克拉丽莎的妈妈戴着一顶灰色的帽子在花园里散步。

真的，克拉丽莎热泪盈眶了。她的母亲，在花园里散步！可是哎呀，她得走了。

因为专教弥尔顿作品的布赖尔利教授在那边，正在和小个子吉姆·赫顿谈话（即使是参加这样的晚会他也不肯打上领带，穿上三件套的背心，或把头发梳服帖），离得这么远她也能看得出他们在争吵。因为布赖尔利教授是个十足的怪人。他有那么多的学位、荣誉、讲师资格，所以和拙劣文人相处时立刻会猜想气氛不利于他那古怪的性格合成；他学识渊博但懦弱；他具有冷峻的魅力但毫无亲切感；他混合着势利和天真；他如果从一位女士蓬乱的头发或一个青年人所穿的靴子上意识到由反叛者、热血青年、自视为天才的人构成的，无疑是值得赞扬的下层社会的存在，便会颤抖着一昂头、一吸鼻——哼！——以表示温和节制之重要；为了能欣赏弥尔顿，一定的古典文学修养是多么重要。布赖尔利教授（克拉丽莎可以看得出来）在弥尔顿问题上和小个子吉姆·赫顿（他的黑袜子在洗衣房，所以穿着红袜子）话不投机。她插了进去。

她说她喜欢巴赫。赫顿也喜欢巴赫。这是他们之间的纽带，赫顿（一个很不怎么样的诗人）一向认为达洛维夫人是关心艺术的上层社会女士中最出色的一个。真奇怪她是多么的严格。她完全客观地谈到音乐。她是个相当一本正经的人。可是她样子是多么迷人呀！她把家弄得这样宜人，要是没有这些教授们在场就好了。克拉丽莎真有点想把他抓走放到后面房间的钢琴旁去。因为他钢琴弹得实在是太美了。

“可是太吵了！”她说，“太吵了！”

“成功的晚会的标志。”教授礼貌地点了点头，轻轻走开了。

“关于弥尔顿他什么都知道。”克拉丽莎说。

“是吗？”赫顿说，他会在整个汉普斯特德模仿这位教授；教授谈论弥尔顿；教授谈论温和节制；教授轻轻走开。

可是她必须去和那两个人说上几句话，克拉丽莎说，那是盖顿勋爵和南希·布洛。

这两位并没有明显地增加晚会的喧闹声。他们并肩站在黄色的窗帘旁，并没有（明显地）在说话。他们很快会一起到别处去；不管在什么场合下他们从来没有什么话要说。他们仅仅用眼睛看着一切而已。那就足够了。他们看上去是这样洁净，健康，她涂脂抹粉，艳如杏花，他则洗刷一净，眼睛像鸟一样尖，所以他不会漏过一个球，没有任何一击会使他感到意外。他击球、跃起、准确，处于良好的竞技状态。小马的嘴在他的缰绳下颤动。他出身高贵；祖上有纪念碑；老家教堂里挂着上面有家族盾形纹章的旗帜。他有自己的职责；有佃户；有母亲和姐妹；在洛兹大板球场玩了一整天；

达洛维夫人走过来时他们正在谈这些——板球、堂表亲、电影，等等。盖顿勋爵特别喜欢达洛维夫人。布洛小姐也是。她的风度是这样迷人。

“你们能来真是太美了——太来劲了！”她说。她喜欢贵族，她喜欢青年，而南希这时站在那儿，穿着耗费巨资由巴黎最伟大的艺术家设计的衣服，看上去仿佛她的身体自动长出了绿色的饰边。

“我原打算开舞会的。”克拉丽莎说。

因为年轻人不会聊天。确实，他们为什么应该会呢？喊叫，拥抱，旋转，天亮就起身；拿糖去喂小马；亲吻和爱抚可爱的中国种宠犬的鼻子；然后浑身滴着水哆嗦着跳进泳池游泳。而英语的巨大资源、它所赋予人们的交流感情的力量（她和彼得在他们的年纪时会整晚争论不休），他们却没有掌握。他们在年轻时就凝固不变了。他们对庄园里的人善待有加，但是单独在一起的时候，也许就相当沉闷乏味。

“太遗憾啦！”南希说。“我原希望能跳舞的。”他们能来实在太好了！可是还说跳舞呢！所有的房间都挤得满满的了。

披着披肩的老海伦娜姑妈在那边呢。哎呀，她得离开他们——盖顿勋爵和南希·布洛——了。她的老姑妈帕里小姐来了。

海伦娜·帕里小姐没有死：帕里小姐还活着。她已经八十多岁了。她拄着拐杖慢慢走上楼来。她被安顿在一张椅子里（理查德安排的）。七十年代到过缅甸的人总是被带来见她。彼得到哪儿去了？他们曾经是那么要好的朋友。只要一提起印度，甚至锡兰，她的眼睛（只有一只是玻璃的）就会慢慢深沉起来，变成蓝色，眼前出现的，不是人——她对总督、将军、兵变等没有温存的回忆，也不存任何引以为自豪的幻想——而是兰花，山口通道和六十年代时自己被苦力驮着翻过偏僻荒凉的山峰时的情景；或下来拔兰花（真是令人称奇的花，以前从来没有见过），她用水彩画这些花；这是一个不屈的英国女人，如果战争，比如说一颗炸弹落到她家门口，打搅了她对兰花或对六十年代中她在印度旅行时自己的身影的沉思，她会感到烦躁不安——可是彼得来啦。

“过来和海伦娜姑妈谈谈缅甸。”克拉丽莎说。

然而他这晚还没有和她说过一句话呢！

“我们过会儿再谈。”克拉丽莎说着把他带到裹着白披肩、拿着拐杖的海伦娜姑妈面前。

“这是彼得·沃尔什。”克拉丽莎说。

毫无反应。

克拉丽莎请了她。真累人；吵得要命；可是克拉丽莎请了她。所以她来了。真遗憾他们——理查德和克拉丽莎——住在伦敦。哪怕为了克拉丽莎的健康，住在乡间也要好得多。可是克拉丽莎向来就喜欢社交生活。

“他到过缅甸。”克拉丽莎说。

啊！她不禁回忆起查尔斯·达尔文对她写的那本有关缅甸的兰花的小书所说的话了。

（克拉丽莎一定要去和布鲁顿夫人说说话。）

肯定她这本关于缅甸兰花的书已经被人们忘记了，可是在一八七〇年以前出了三版呢，她对彼得说。现在她想起他来了。他去过伯顿（彼得·沃尔什记得，那晚在客厅里，当克拉丽莎请他一起划船的时候，他招呼也没打就离开了她）。

“理查德非常欣赏你的午宴。”克拉丽莎对布鲁顿夫人说。

“理查德对我帮助可大啦，”布鲁顿夫人答道，“他帮我写了一封信。你身体好吗？”

“啊，非常好！”克拉丽莎说。（布鲁顿夫人最憎恶政治家的妻子有病。）

“那不是彼得·沃尔什吗！”布鲁顿夫人说（因为尽管布鲁顿夫人喜欢克拉丽莎，她可想不出什么话来跟她说。克拉丽莎有许多好品质；但是她们两个人之间没有任何共同之处——她和克拉丽莎。如果理查德娶了个不这么漂亮的女人可能会好一点，可以在工作中多帮助他。他失去了进入内阁的机会）。“彼得·沃尔什来了！”她说着和那讨人喜欢的坏东西握手，那是个非常能干、本该但没有使自己成名的家伙（总有女人方面的麻烦），啊，当然，老帕里小姐。了不起的老太太！

布鲁顿夫人站在帕里小姐的椅子旁，像个掷弹兵的幽灵，一身黑色衣裙，邀请彼得·沃尔什午餐；亲切；但没有和他闲谈；她根本不记得印度的动植物。当然她到过印度，在三个总督家住过，觉得有些印度平民是很好的人；但是印度的状况——真是个悲剧！首相刚才告诉她来着（老帕里小姐缩在披肩里，对首相对她说些什么根本不关心），布鲁顿夫人想听听彼得·沃尔什的意见，因为他刚从那个中心地带来，她要让桑普森爵士见见彼得，因为她作为军事家的女儿，那个地方的愚蠢，甚至可以说是邪恶的行径使她夜里无法入睡。现在她是个老太婆了，没有多大用处了。但是她的住宅，她的仆人，她的好朋友米莉·布拉什——他还记得她吗？——都准备随时效劳，只要——一句话，只要用得着他们。她虽从来不谈到英国，但是这个血性男儿的岛屿，这片亲爱、亲爱的土地已溶进了她的血液之中（她虽未读过莎士比亚），如果有一个女人能够戴着头盔拉弓射箭，能够统领军队攻击敌人，能够不屈不挠地以公正统治群蛮，最后静卧在教堂里盾形徽章之下（虽然腐烂得没有了鼻子），或成了某个原始山坡上芳草萋萋的土堆，那个女人就是米莉森特·布鲁顿。她虽受到性别和逻辑功能欠缺（她发现连给《泰晤士报》写封信都做不到）的局限，却仍念念不忘大英帝国，从和穿戴盔甲的战争女神的接触中获得了她那直挺挺的身姿，粗犷的举止，因而人们无法想象即使在死后她会离开地球，无法想象她灵魂的某种形式会在英国国旗停止飘扬的地区游荡。即使在亡灵之中，要她不做英国的亡灵——不行，不行！根本不可能！

可那人是布鲁顿夫人吗（她以前认识她）？头发都白了的是彼得·沃尔什吗？罗塞特夫人（她原来叫莎利·西顿）问自己。那个肯定是老帕里小姐——当年她待在伯顿时总那么爱生气的老姑妈。她永远也不会忘记自己光着身子在过道里跑，后来帕里小姐把她叫去的事！还有克拉丽莎！啊，克拉丽莎！莎利抓住了她的胳膊。

克拉丽莎在他们身边停了下来。

“可是我待不了多一会儿，”她说，“我等会儿再来。等着我。”她说道，眼睛看着彼得和莎利。她的意思是他们必须要一直等到所有的客人都走了以后。

“我会回来的。”她说道，一面看着她的老朋友莎利和彼得，他们正在握手，而莎利无疑是回忆起了过去，正笑着。

但是她的声音中已没有了昔日令人陶醉的圆润甜美；眼睛也不像当年她吸雪茄烟的时候、身上一丝不挂地跑过过道去取自己的海绵包的时候那样闪闪发亮了；那时埃伦·阿特金斯问她，要是让先生们碰上怎么办？不过大家都原谅她。她从储藏食品的地方偷鸡吃，因为夜里肚子饿了；她在卧室里抽雪茄烟；她把一本珍贵的善本书忘在了平底船里。可是谁都非常喜欢她（也许除了爸爸以外）。那是因为她的热情；她的活力——她画画，她写作。村子里的老妇直到今天都从来不会忘记问候“你那位穿着红斗篷、看起来非常快活的朋友”。莎利偏偏会指责说休·惠特布莱德（他在那边呢，她的老朋友休，正在和葡萄牙大使说话）在吸烟室里吻了她，是因为她说妇女应该有选举权而惩罚她。她说庸俗卑下的男人才会干这种事。克拉丽莎记得她不得不说服莎利不要在家庭祈祷时指责休——她是会做得出来的，她鲁莽大胆，肆无忌惮，追求成为一切轰动的中心，喜欢制造引人注意的场面，克拉丽莎那时常想，一切肯定会以可怕的悲剧结束；她会死去；她会遭受磨难；但结果是她结婚了，出乎意料地嫁给了一个秃顶、纽孔里别一朵大花的男人，据说他在曼彻斯特有好几家棉纺厂。而且她生了五个儿子！

她和彼得一起坐了下来。他们在聊天：这景象是如此熟悉——他们会在一起聊天。他们会谈论过去。她和这两个人分享过去的岁月（甚至比和理查德的要多）；那花园；树木；老约瑟夫·布赖特科普夫嗓子特糟还要唱勃拉姆斯的歌曲；客厅的墙纸；地垫的气味。莎利必然永远是其中的一个部分；彼得也必然是。可是她得离开他们了。布拉德肖夫妇来了，她讨厌他们。她必须走到布拉德肖夫人跟前去（她穿着银色和灰色的衣服，像只在水池边上保持着平衡的海狮，喊叫着要人家邀请她，要和公爵夫人们交际，这个典型的成功男人的妻子），她必须走到布拉德肖夫人跟前去并且说……

但是布拉德肖夫人先发制人。

“我们来得实在太晚了，亲爱的达洛维夫人，我们简直都不敢进来了。”她说。

头发灰白、眼睛湛蓝、仪表堂堂的威廉爵士说，是太晚了；他们实在无法抗拒晚会的吸引力。他可能正和理查德谈论那议案的事，他们希望下议院能通过这项议案。为什么看到他和理查德说话会使她感到恶心？他看上去和他名医的身份很相符呀。一个在他这一行里的绝对权威，很有影响，显得相当疲劳。因为想想看找他求医的都是什么样的病人吧——是在苦难的深渊中的人；处于精神失常的边缘的人；丈夫们和妻子们。他必须对极端困难的问题做出决定。然而——她的感觉是，你不会愿意让威廉爵士看到你不快活。不，不能让那个人看出来。

“你在伊顿上学的儿子好吗？”她问布拉德肖夫人。

因为得了腮腺炎，他把十一岁考试[1]给误了，布拉德肖夫人说。她觉得对此他父亲比他还着急，她说：“因为他父亲自己只不过是个大孩子而已。”

克拉丽莎看了一眼和理查德说话的威廉爵士。他看上去可不

1 十一岁考试：过去在英格兰和威尔士的一种考试制度，学生在十一岁左右参加，根据成绩决定该生以后是上普通中学和大学，还是进入职业技术教育的学校。现已基本废除，只有少数地方教育当局仍在进行此种考试。

像个孩子——一点儿也不像个孩子。她有一次和别人一起去找他看病。他一切做得极其正确；非常合情合理。但是天哪——重新走出到大街上真让人感到欣慰！她记得有个可怜的人在候诊室哭泣。可是她也不知道究竟是怎么回事——关于威廉爵士；她究竟不喜欢他的是什么。只有理查德和她看法一致，“不喜欢他的情趣，不喜欢他的气味”。不过他的能力是非常强的。他们在谈论这项议案。有个病例，威廉爵士说起时压低了声音。和他所说的关于弹震症后果的延迟发作有关。在议案中必须写入有关条款才行。

布拉德肖夫人（是个可怜的傻瓜——你并不讨厌她）放低了声音，这样把达洛维夫人引入到由共同的女性特点、对丈夫杰出品质的共同自豪感和对他们工作上过度劳累的可悲倾向的共同关切的庇护之下，低低地告诉她：“我们刚要出门，我丈夫接到了一个电话，一个很悲惨的病例。一个年轻人（威廉爵士正在对达洛维先生说的就是这件事）自杀了。他在军队里服过役。”啊，克拉丽莎想道，就在我的晚会中间，死亡闯了进来，她想道。

她继续往前走，走进了首相和布鲁顿夫人刚才进去的那个小房间。也许会有人在里面。但是并没有人。椅子上还留有首相和布鲁顿夫人坐过的印记，布鲁顿夫人恭敬地侧过身去，而他则坚定威严地坐着。他们谈论的是印度。现在房间里没有人了。晚会的光彩烟消云散了，穿着华丽的服装独自进到这里来，感觉很奇怪。

布拉德肖夫妇有什么权利在她的晚会上谈论死亡？一个年轻人自杀了。而他们在她的晚会上谈论此事——布拉德肖夫妇，谈论死亡。他自杀了——但怎么死的呢？当她突然听到一个事故时，她的身体总是先要经历一遍；她的衣服烧了起来，她的身体被烧伤。他从窗子里跳了出去。地面冲了上来；生锈的铁围栏尖误扎进了他的身体，伤痕累累。他躺在那里，脑袋里有什么在重重敲击着，然后是一片黑暗的窒息。她眼前出现的就是这样的景象。可是他为什么要自杀呢？而布拉德肖夫妇竟在她的晚会上谈论此事！

她曾有一次往蛇形湖里扔过一枚一先令的硬币，从来再没有扔过别的东西。可是他把生命白白扔掉了。他们继续生活下去（她不得不回到晚会中去，那些房间里仍然挤着很多人；还不断有客人来）。他们（她一整天都在想着伯顿，想着彼得，想着莎利），他们会渐渐变老。有一样东西是重要的；在她自己的生活中这样东西被闲谈包围，被毁损，黯然失色；每天在腐败、谎言、闲扯中逐渐失去它。而他保存了这样东西。死亡是种挑战。死亡是种传递思想的努力；人们感到无法达到那神秘的捉摸不到的中心；亲近的变得疏远；狂喜消失，只有自己形影相吊。死亡中有着拥抱。

但是这个自杀的年轻人——他是怀抱着珍贵的一切往下跳去的吗？“如果现在就死去，现在就是最幸福。”有一次她身穿白衣走下楼来时曾这样对自己说过。

或许还有诗人和思想家。假定说他曾有过那种激情，并且去找了威廉·布拉德肖爵士，他是个伟大的医生，然而在她心里这个人有着莫可名状的邪恶，无性无欲，对女人极为有礼貌，但是又能做出某些难以形容的恶劣勾当——对你的灵魂施加压力，对，就是这么回事——如果这个年轻人去找了他，而威廉爵士以他特有的能力给了他这样的印象，那么难道他不会说（确实，她现在感到是这样），生活变得难以忍受；他们，像医生那样的人，使生活变得难以忍受?

还有（她只是在今天早上才感觉到）那恐怖感；父母把生命交给了你，要好好活到寿终正寝，要宁静地走完生命之路，而你却强烈地感到无能为力；在她心灵深处有着可怕的恐惧。即使是现在，如果不是有理查德经常在那里看《泰晤士报》，使她能够像只小鸟一样蜷缩一旁逐渐恢复生机，发出无比快乐的呼喊，而是事事摩擦，别别扭扭，她一定早就死了。但是那个年轻人自杀了。

不知怎的，她觉得这是她的灾难——她的耻辱，眼看着这儿一个男人、那儿一个女人消失在这黑暗的深渊，而她却不得不穿着晚礼服站在这里，这是对她的惩罚。她曾经使过诡计，曾经顺手牵羊。她从来就不是个完全值得赞美的人，她曾渴望取得成功。像贝克斯伯罗夫人那样，等等。贝克斯伯罗夫人有一次曾经在伯顿的露台上散过步呢。

一切都要归功于理查德；她从来没有这样幸福过。什么都不嫌太慢；什么都不能永存。她一面放正椅子，把书架上的一本书往里推一推，一面想道，没有什么快乐可以和这样的感觉相比：你结束了青春时代的得意，沉湎于生活的进程之中，在日出日落中惊喜地发现了生活的幸福。在伯顿的时候，当人们都在聊天时，她曾许多次去仰望天空；或在晚餐时从人们肩膀间的空隙里看天空；在伦敦，她难以入眠时就去看天。她向窗户走去。

这片乡村的天空，这片威斯敏斯特的天空中有着她自己的某种东西，尽管这个念头很愚蠢。她拉开了窗帘；向外看去。啊，可是多么奇怪呀！——对面房间里的老太太正直直地看着她！她正准备睡觉。还有那天空。她原以为天空会转开它美丽的容颜，会是庄重的、暗黑色的天空。但是你看——惨白的天空中飞速掠过大片逐渐变细的云团。这景象对她来说很新鲜，一定是起风了。她在对面的房间里正准备睡觉。她着迷地看着她，那位老太太走来走去，穿过屋子，来到窗前。她看得见自己吗？当客厅里人们仍在大声说笑时看着那位老太太静静地准备睡觉，真是让人着迷。这时她拉下了百叶窗。时钟开始敲响报时。那个年轻人自杀了；但是她并不可怜他；在时钟一下，两下，三下，敲响报时之际，在这一切进行着的时候，她不可怜他。啊！老太太把灯关上了！整幢房子现在一片漆黑，在这一切进行着的时候，她重复道，她想起了下面的句子，再不要害怕酷热的太阳。她必须回到他们那儿去。但这是一个多么不平常的夜晚啊！她不知怎的感到非常像他——那个自杀的年轻人。她很高兴他这样做了；抛弃了一切。钟在敲着。沉闷的音波消失在了空中。他使她感到了美；使她感到了乐趣。但是她必须回去了。她必须让客人们聚在一起。她必须找到莎利和彼得。于是她从小房间走进了客厅。

“可克拉丽莎在哪儿？”彼得问。他和莎利一起坐在沙发上。（在这么多年以后，他实在没法称她为“罗塞特夫人”。）“这女人到哪儿去了？”他问道，“克拉丽莎在哪儿？”

莎利猜想，其实彼得也是这样想的，来了什么重要人物，政治家，他们俩都不认识，除非在画报上见过相片能认得出来，但克拉丽莎不得不去客气一番，谈上几句。她和他们在一起。可你看理查德·达洛维并没有进入内阁。莎利猜想，他没有取得什么成就吧？她本人简直不怎么看报。偶尔看见提到他的名字。不过——咳，她生活很隔绝，克拉丽莎会说是在荒野里，她生活在大商人之中，大工厂主之中，毕竟都是干实事的男人。她也干了许多事的！

“我有五个儿子！”她告诉他。

天哪，天哪，她有了多么大的变化呀！母性的温柔；还有母性的自大。彼得记得他们最后一次见面是在月光下的花椰菜丛中，她当时用带文学特色的措辞，说那些叶子“像粗粝的青铜”；她还摘了一朵玫瑰花。在那个糟糕透顶的晚上，在喷泉旁的一幕之后，她逼着他走来走去；而他要赶午夜的火车。天哪，他都哭了！

那是他的老习惯，打开小折刀的刀片，莎利心里想，一激动就把折刀开了关，关了开。当他热恋着克拉丽莎的时候，她和彼得·沃尔什也非常、非常亲密，还有那次午饭时为了理查德·达洛维的荒唐可怕的大吵。她把达洛维叫作“威克姆”。为什么不管理查德叫“威克姆”呢？克拉丽莎顿时大发脾气！确实从那以后她们俩没有见过面，她和克拉丽莎，过去的十年中也许最多见过六次。而彼得·沃尔什跑到印度去了，她模模糊糊地听说他婚姻不幸福，她不知道他有没有孩子，也不好问他，因为他变了。他看上去皱巴巴的，但是她觉得他比过去和蔼了，她对他有着真诚的喜爱，因为他和她的青年时代联系在一起，她仍保存着他送给她的艾米莉·勃朗特的一本小书，他一定打算写作的吧？当年他是打算写作的。

“你写书了吗？”她问他，一面张开手，她那结实美观的手，放在膝盖上，他记得她的这个姿势。

“一个字也没有写！”彼得·沃尔什说。她朗声笑了。

她仍有吸引力，仍是个人物，莎利·西顿。可是这个罗塞特是什么人？他在结婚的那天在扣眼里别了两朵山茶花——这是彼得所知道的关于他的一切。“他们有无数的仆人，几英里长的温室。”克拉丽莎写信告诉他；诸如此类的话。莎利哈哈大笑，默认了这一点。

“是的，我们一年有一万英镑。”——她记不得这是税前还是税后的数字，因为一切都是她的丈夫替她经办的，“你一定要见见他，”她说，“你会喜欢他的。”

而以前莎利总是穿得破破烂烂的。为了到伯顿去，她当掉了她祖母的戒指，那是玛丽·安托瓦内特送给她的曾祖父的。

没错，莎利想起来了；现在她还保存着这个戒指，玛丽·安托瓦内特送给她的曾祖父的红宝石戒指。那时她名下一个便士也没有，去一趟伯顿总得使劲节省好久。但是去伯顿对她有着非常大的意义——她相信这使她能够保持住正常的神志，在家里她一点也不快活。可是这都是过去的事情了——一切都过去了，她说。帕里先生已经去世；帕里小姐仍然活着。彼得说他从来没有这么吃惊过！他一直以为她已经死了。莎利猜想，他们的婚姻很美满吧？而那边，那个在窗帘旁穿着红衣服的、非常漂亮沉着的女郎就是伊丽莎白。

（她像一株白杨，她像一条河流，她像一朵风信子花，威利·蒂特柯姆心里在想。啊，能够在乡下想做什么就做什么，该有多好！她能听见她那可怜的小狗在哀嚎，伊丽莎白敢肯定。）她一点也不像克拉丽莎，彼得·沃尔什说。

“啊，克拉丽莎！”莎利说。

莎利的感觉是，她欠了克拉丽莎极大的情。她们曾经是朋友，不是一般的相识，而是朋友，她眼前仍出现克拉丽莎穿一身白衣服，手里捧满鲜花在房子里走来走去的样子——直到今天，烟草作物仍使她想起伯顿。可是——彼得明白吗？——她身上缺少点什么。缺少的是什么呢？她有魅力；她有极大的魅力。但是坦白地说（她感到彼得是老朋友，真正的朋友——他不在英国有关系吗？距离有关系吗？她曾经常常想给他写信，可是写了又撕掉了，然而她感到他能理解，因为不用把事情明说出来人们也能理解，就像一个人意识到在渐渐老起来，而她确实老了。那天下午到伊顿公学去看了看儿子们，他们在那儿得了腮腺炎），坦白地说，克拉丽莎怎么能这么干呢？——嫁给了理查德·达洛维？一个专爱钓鱼打猎的人，一个只关心狗的人。毫不夸张地说，他走进屋子身上总带着一股马厩味。还有这一切场面？她摆了摆手。

那是休·惠特布莱德，穿着白套服背心悠然地走了过去，迟钝，肥胖，除了自负和舒适，他对其他一切都是视而不见。

“他是不会理睬我们的。”莎利说，而她也确实没有这个勇气——这么说那就是休，令人钦佩的休！

“他现在做什么工作？”她问彼得。

“他给国王擦皮靴，或者在温莎宫里数酒瓶。”彼得对她说。彼得的嘴还是那么尖刻！但是莎利一定要对他说实话，彼得说。说说那个吻，休的吻。

吻了她的嘴唇，她明确地说，有个晚上在吸烟室里。她怒气冲冲地直接就去找克拉丽莎。休不会干这种事的！克拉丽莎说，那是令人钦佩的休！休的袜子无一例外是她见过的最漂亮的——现在看看他的晚礼服吧。完美至极！他有孩子吗?

“这间屋子里每个人都有六个儿子在伊顿公学上学。”他自己除外，彼得对她说。感谢上帝，他没有孩子。没有儿子，没有女儿，没有妻子。咳，看来他并不在乎，莎利说。她心里想，他比别的人都显得年轻。

可是像这样结婚，在许多方面看来都是愚蠢的，彼得说。“她真是个不折不扣的傻瓜。”他说，可是，他说：“我们有过一段美好的时光。”但是这怎么可能呢？莎利在心里琢磨；他这话是什么意思？真怪，认识他却对发生在他身上的事情一无所知。他这样说是出于自尊吗？很可能，因为毕竟这种事会使他感到烦恼难堪（虽然他是个怪人，某种精怪式人物，完全不是个寻常的人），在他这个年纪没个家，没地方可去，一定是很孤独的。但是他一定得到他们家来住上几个星期。当然他会的；他很愿意到他们家去住一段。事情就是这样提起来的。这么多年以来达洛维夫妇从来没有到她家去过。他们一次又一次邀请他们。克拉丽莎（因为当然是由于克拉丽莎的缘故）就是不来。因为，莎利说，克拉丽莎本质上很势利——你不得不承认这一点，是个势利眼。莎利相信，她们间的隔阂正在于此。克拉丽莎认为她下嫁而有失身份，因为她的丈夫——她为此感到骄傲——是个矿工的儿子。他们名下的每一分钱都是他自己挣来的。他还是个小孩子的时候（她的声音颤抖起来）就扛过大麻袋。

（她会这样一小时又一小时不断地说下去，彼得想；矿工的儿子；人们觉得她下嫁有失身份；她的五个儿子；还有什么来着——花木，绣球花，紫丁香，在苏伊士运河以北从来不生长的非常非常罕见的木槿百合，而她和一个花匠一起在曼彻斯特郊区却种了好几花坛，确确实实好几花坛！而克拉丽莎躲过了这一切，她本来也不是个母性很强的人。）

她是势利眼？是的，在许多方面是这样。这么长的时间了，她在哪儿？时间很晚了。

“然而，”莎利说，“当我听说克拉丽莎要举办晚会，我觉得我不能不来——一定要再见见她（我住在维多利亚街，近得和在隔壁一样）。所以我没有得到邀请也径自来了。不过，”她低声道，“告诉我，一定要告诉我，这个人是谁？”

是希尔伯里太太，正在找门呢。因为已经太晚了！她喃喃道，越晚，客人走了，越能找到老朋友；在安静的小角落里；美丽至极的景色。她问道，他们知道吗？自己周围是一片迷人的花园？灯光树影，奇妙的波光粼粼的湖泊和天空。克拉丽莎·达洛维说过，就是后花园里的几盏彩色小灯！但是她简直是个魔术师！那是个公园……她不知道他们的名字，但是她知道他们是朋友，没有名字的朋友，没有词的歌，总是最好的。但是这里门这么多，这么出乎意料的地方，她迷路了。

“希尔伯里老太太。”彼得说，但那个人又是谁？那个整晚站在窗帘旁一句话不说的女士？他觉得她面熟；和伯顿有联系。她肯定就是在窗前大桌子上剪裁内衣的那个女人吧？戴维森，是她的名字吧？

“啊，那是埃莉·亨德森。”莎利说。克拉丽莎对她实在太苛刻了。她是个姑表姐妹，很穷。克拉丽莎对人是够苛刻的。

是相当苛刻，彼得说。然而，莎利说——她说时感情冲动，热情洋溢，彼得曾很爱她的这个特点，但现在却有点害怕，她可能感情会过分外溢——克拉丽莎对朋友又是多么慷慨大方啊！这是多么难得的品质！有时候在夜里或圣诞节，当她总结自己的好福气时，总是把这份友谊放在第一位。她们那时都年轻；这就是原因。克拉丽莎心地纯洁；这就是原因。彼得会觉得她多愁善感。她就是多愁善感。因为她逐渐感到这是唯一值得说的东西——人的感觉。伶牙俐齿是愚蠢的。人只应该说出自己的感受。

“可是我不知道我的感受是什么。”彼得·沃尔什说。

可怜的彼得，莎利心里想。为什么克拉丽莎不来和他们谈谈？彼得盼的就是这个。她知道。他心里只想着克拉丽莎，因此心不在焉地玩弄着小刀。

他并没有感到生活是简单的事，彼得说。他和克拉丽莎的关系一直就不简单。他说这关系毁了他的生活。（他和莎利·西顿曾经十分亲密，因此不说这一点是荒谬可笑的。）一个人不可能爱两次，他说。而她能说什么呢？不过，爱过总比没有爱过要好（可是他会认为她多愁善感——他以前可尖刻了）。他一定要到曼彻斯特和他们住上一阵。这一切都是真的，他说。都是真的。他很愿意去，和他们住一阵，一等他把在伦敦要办的事情办完就去。

比起理查德来，克拉丽莎更喜欢他。这一点莎利很肯定。

"不对，不对，不对！"彼得说（莎利不该说这话——说得太过分了）。那个好人——他就在房间的那一头，和往常一样滔滔不绝地说着，亲爱的老理查德。他在和谁说话呢？莎利问道，那个样子很出众的男人是谁？像她这样生活在荒野里，她有着难以满足的好奇心，想要知道他们都是什么人。可是彼得也不知道。他说他不喜欢他那副样子，兴许是个内阁大臣。在那些人中间，他觉得理查德是最好的，他说——是最出众的。

"可是他做了些什么事情呢？"莎利问道。她猜想，是公共事务吧，他们在一起幸福吗？莎利问（她自己非常幸福）；因为，她承认，她对他们的生活一无所知，只是像人们常做的那样，想当然地下结论；要说，即使是对天天生活在一起的人，你又能了解多少？她问道。难道我们不都是些囚徒吗？她读过一个非常好的剧本，写的是一个人在牢房的墙上乱涂乱写，她感到这反映了生活的真实——人们在墙上乱涂乱写。由于对人际关系的绝望（人是这么难以相处），她常常到自己的花园里去，从她的花中得到男人和女人从来没有给予她的宁静。可是，不，他不喜欢卷心菜；他喜欢人，彼得说。确实，年轻人很美，莎利说，一面看着伊丽莎白穿过屋子。她和在她这个年纪的克拉丽莎多么不同！他能了解她吗？她不肯开口说话。不怎么了解，还不了解，彼得承认。她像一朵百合花，莎利说，一朵池边的百合花。但是彼得不同意说我们什么也不了解。我们了解一切，至少他了解一切。

可是那两个人，莎利轻声说道，现在正过来的那两个（如果克拉丽莎不马上来，她可真得走了），一直在和理查德说话的这个样子出众的男人和他那样子平庸的妻子——对于这样的人，你能了解些什么呢？

“了解他们是该死的吹牛的骗子。”彼得说，一面漫不经心地看着他们。他把莎利逗得笑了起来。

但是威廉·布拉德肖爵士在门旁停下脚步看一幅版画。他在画的一角找雕刻家的名字。他的妻子也在看。威廉·布拉德肖爵士对艺术非常感兴趣。

当一个人年轻的时候，彼得说，他兴奋得顾不上了解别人。等到你老了，确切地说五十二岁了（莎利五十五岁，她说年龄是五十五岁，但是她的心像一个二十岁的姑娘），也成熟了，彼得说，那么就能观察，能够理解，并且没有失去感受的能力，他说。是的，莎利说，是这样。她一年比一年感受更深，更炽烈。哎呀，也许，他说，在增强，应该为此而高兴——根据他的经验是继续不断地增强。在印度有这么一个人。他很想对莎利讲讲她。他很希望莎利能认识她。她是个已婚女人，他说。有两个年幼的孩子。他们一定都要到曼彻斯特来，莎利说——他们离开之前他一定要答应她。

伊丽莎白来了，他说，她感受到的还不到我们感受的一半呢，现在还没有呢。但是，莎利看着伊丽莎白向父亲走去时说，看得出来她和父亲之间感情很深。她从伊丽莎白走到父亲跟前去的样子中能够感觉得到。

因为她的父亲站在那儿和布拉德肖夫妇说话的时候一直在看着她，而且心里在想，那个可爱的姑娘是谁呀？突然他意识到那是他的伊丽莎白，而他开始没有认出她来，她穿着粉红的上衣，样子是多么可爱！伊丽莎白在和威利·蒂特柯姆说话时感觉到他在看她。因此她走到他面前，现在晚会马上就要结束了，他们站在一起，看着人们离去，房间变得越来越空，地板上到处是东西。连埃莉·亨德森也要走了，她几乎是最后离去的，尽管没有人和她说过话，但是她想看到一切，好回去告诉伊迪丝。晚会结束了，理查德和伊丽莎白挺高兴，但是理查德为自己的女儿感到骄傲。他本不打算告诉她，可是又憋不住。他说他看着她，心里想，那个可爱的姑娘是谁？原来是自己的女儿！她听了真高兴。可是她那只可怜的小狗在哀嚎呢。

“理查德有了改进。你说对了。”莎利说。“我要去和他说几句话。和他告别。”罗塞特夫人站起身来，继续道，“和感情相比，脑力有什么重要？”

“我也去。”彼得说，但却继续在那里坐了一会儿。怎么有这种恐惧？怎么有这种狂喜？他暗自思量。是什么使我充满了如此非凡的激动？

是克拉丽莎，他说。

因为她就在眼前。

图书在版编目（CIP）数据

达洛维夫人 /（英）弗吉尼亚·伍尔夫著 ；王家湘译．— 2 版．— 北京 ：北京十月文艺出版社，2021.5（2025.12重印）
ISBN 978-7-5302-2106-8

Ⅰ．①达… Ⅱ．①弗… ②王… Ⅲ．①长篇小说—英国—现代 Ⅳ．① I561.45

中国版本图书馆 CIP 数据核字 (2020) 第224799号

达洛维夫人
DALUOWEI FUREN
［英］弗吉尼亚·伍尔夫 著　王家湘 译

出　　版　北 京 出 版 集 团
　　　　　北京十月文艺出版社
地　　址　北京北三环中路 6 号
邮　　编　100120
网　　址　www.bph.com.cn
发　　行　新经典发行有限公司
　　　　　电话（010）68423599
经　　销　新华书店
印　　刷　北京盛通印刷股份有限公司
版　　次　2021 年 5 月第 2 版
印　　次　2025 年 12 月第 9 次印刷
开　　本　880 毫米 ×1230 毫米　1/32
印　　张　8
字　　数　144 千字
书　　号　ISBN 978-7-5302-2106-8
定　　价　46.00 元
质量监督电话　010-58572393
如有印装质量问题，由本社负责调换。